GOBOOKS
& SITAK
GROUP©

U0000337

GOBOOKS
& SITAK
GROUP©

三日月書版

三日月書版

FOX SPIRIT
vol.3
狐狸娘!
Illust. 水佾
輕世代
FW309
三日月書版

FOX
SPIRIT
C·O·N·T·E·N·T·S

FOX SPIRIT

璃
幼年型態
狐狸精(金毛)
Age / 438歲
Height / 101cm
Weight / 17kg
Nickname / 孔璃、迷你璃、小璃
Job / 米蟲
FOX SPIRIT

璃
成年型態
狐狸精
Age / 438歲
Height / 162cm
Weight / 46kg
Nickname / 孔璃、迷你璃、小璃
Job / 米蟲
FOX SPIRIT

FOX SPIRIT

>>> Prologue_序

「汝啊，究竟有多討人厭？」一邊甩著狐狸尾巴、看起來年約二十歲上下的年輕女孩抱怨著，一邊把因為害怕弄髒而脫下來的衣服穿上，「怎麼三天兩頭就有人要來取汝的性命？」

面對這樣的抱怨，一旁的黑衣男只能用沉默和冷眼來回應。接著她的視線重新回到倒在地上、被黑色火焰當成燃料燒的屍體，確定對方已經徹底死透之後才拿起一旁裝滿食材的環保袋，轉身往巷口外走去。

巷子內四處都是戰鬥的痕跡以及難聞的妖氣。

黑衣男人——孔天強雖然因為加入妖怪會的緣故而免除被機構通緝的命運，但是這不代表賞金獵人不會找上門。

已經不是會員的他自然無法享有「賞金獵人不會上賞金榜」的權利，也因此現在的他是賞金獵人熱門的獵殺對象。這幾天下來最少有將近二十組人馬找上門，雖然他已經盡量避免出門，但還是有像這樣必須出門買晚餐食材的狀況發生，結果就是這樣，去的時候解決一個，回來的時候又解決一個。

幸好房子周邊設置有隱藏氣息和避免入侵的結界，否則一定會有更多人找上門來殺他，每天鬧得雞犬不寧。

孔天強雖然覺得很煩，但是他也很清楚這是他必須面對的結果，他十分了解自己在妖怪間的名聲到底有多響亮，不計其數的妖怪恨他入骨，再加上機構表面上雖說不再通緝他，但是根據劉家光的情報，他們還是有委託賞金獵人協會對他進行獵殺。

之前有企圖訓練身邊不斷抱怨的狐狸精出門買東西，但是明明交代得很清楚，狐狸精買回來的卻只有肉和甜甜圈，加上孔天強說什麼也不同意讓孔天妙出門去買，所以到最後還是只能由孔天強自己出馬。

雖然孔天強表示自己可以一個人行動，但是孔天妙卻堅持要璃跟在他身邊，以防碰到沒辦法獨自應付的狀況。沒想到孔天妙的打算還真的派上用場，有幾個孔天強單獨應付起來非常吃力的對手因為有璃的介入而讓一切變得輕鬆，也因為這樣，璃才有了抱怨的機會。

「真是累死咱了，為何出門買東西要這麼累？咱弄得渾身是汗啊！」璃嘟著小嘴、一臉不服氣地說道：「而且咱明明可以一個人來買，為何一定要讓咱變成汝這大蠢蛋的保鑣？這樣多累啊……」

「因為妳只會買肉跟甜甜圈。」

「對咱來說，食物只要有肉和甜甜圈就夠了！」

「有本事去跟姐這樣講。」

「好想吃點甜的來消除咱的疲勞喔！」璃立刻裝作沒聽見天強的話，撇過頭去一邊叨唸著。

也因為璃裝作沒聽見，所以孔天強也決定裝作聽不到璃的囉唆。

「汝啊，明明有聽見咱說的話，對吧？」璃看孔天強也來同樣一招，頓時一臉不滿地揪住孔天強的衣服，「汝明明知道這時候應該要回答咱什麼，汝卻刻意不說！」

「滾。」

「咱！要！甜！甜！圈！」得不到想要的答案，璃一如往常耍賴，整個人擋住孔天強的路，兩隻小腳不斷地跺地，就算下一秒她在地上打滾孔天強也不會意外。「甜甜圈！甜甜圈！甜甜圈！咱要吃甜甜圈！咱好久沒吃了！」

「早上才吃過。」

「那是妙妙說的『上午茶時間』！現在已經是那個『下午茶時間』了！」

璃的回答讓孔天強的臉皮不由自主地微微抽動，他完全不能理解為什麼孔天妙要教這隻狐狸精一堆奇怪的知識。

「若是汝不買給咱……」但是吵到一半，璃瞬間就冷靜了下來，像是被人潑了冷水一樣，而孔天強馬上也注意到璃冷靜下來的原因。

「那外面那個，就讓汝自行處理。」

巷口在不知道什麼時候被人用妖怪空間銜接起來，只要孔天強他們一出巷子就會瞬間進入對方的妖怪空間。雖然對方是誰還不清楚，但能肯定的是對方對自己的實力非常有信心，加上現在感受得到的妖力，孔天強明白這一定會是場苦戰。

——遠遠不夠。

眼前敵人的實力明顯連麒麟會的幹部都比不上，若是這樣就覺得是硬戰，那屆時必須去討伐蚯蚓精或蜘蛛精的時候該如何是好？更不用說面對麒麟的那一天，自己到時候能不能活下來都是個問題。

若是無法活下來、無法報仇，那麼這幾年的努力就根本是場笑話。

雖然現階段這些敵人可以在身邊這個甜甜圈妖怪的協助下輕鬆應對，但是萬一哪一天她離開的話呢？

孔天強知道現在的自己還必須要變得更強，強大到能夠輕鬆應對眼前的敵人、強大到能夠輕鬆地消滅麒麟會的幹部，「變強」是他唯一能選擇的路。

孔天強的雙拳再次燃起黑色的火焰，往那個妖怪構築而成的妖怪空間走去。

孔天強雖然自以為自己非常的了解現況，但其實並非如此，一切並非他所看見的那麼簡單，他從來沒注意到背後悄聲運轉的陰謀齒輪，也沒注意到他已經對身邊的狐狸精產生了信賴以及依賴。

FOX SPIRIT

>>> Chapter.1_ 被凹久了真的會習慣

「蠢驢，這些都是咱要帶走的東西。」

「不准。」看著眼前兩個大行李箱，孔天強用冷冰冰的臉、惡狠狠的視線瞪向眼前一臉興致勃勃的狐狸精，忍著拿起行李箱砸她的怒氣，緩緩地說：「留著。」

「為啥不准？」孔天強的話瞬間讓璃的臉垮了下來。

「太多。」

「妙妙說這些都是咱必須的物品。」面對這理由，璃的嘴角立刻微微勾起，她甩了下尾巴，「要不然咱們現在去問妙妙啊！」

孔天強知道只要璃打出這張無敵的牌自己就會沒輒，也因為沒輒，所以他很清楚繼續講下去只是白費口水，只能默默地背起自己那個相對小很多的行李袋轉身就往外走，但是衣角卻隨即被璃的小手揪住，孔天強瞬間有種不好的預感。

「妙妙說，汝應該幫咱拿行李。」

「不要。」

「那咱現在立刻去叫醒妙妙，跟她告狀，說汝都不願意拿咱的行李。」璃說著轉身就往孔天妙的房間走，但是她那顆狐狸小腦袋卻被孔天強一手抓住並且刻意地施力，這讓璃就像是被唸了緊箍咒的孫悟空一樣痛得立刻叫出聲來。好險孔天強先行一步摀住璃的嘴巴、悶住她的聲音，才沒有讓她吵醒孔天妙，但璃轉而咬住孔天強的手，甚至咬到已經出血的程度。因為害怕一鬆手她就會尖叫，所以孔天強只能忍著。

兩個人僵持了一段時間，然後很有默契地同時放開彼此。

孔天強看著流著血的狐狸咬痕，他真的想要好好修理這狐狸精一頓，但是想歸想，他知道自己肯定下不了手。

「汝這是要痛死咱嗎?還是把咱當成孫猴子!」璃抱著腦袋、縮在地上打顫，那對火紅的雙瞳泛著淚光、瞪著孔天強，「咱感覺咱的腦袋都快爆開了!」

「不准吵醒姐姐。」

「那汝就拿咱的行李，不是很簡單嗎？」

這隻狐狸精的語氣中一點客氣都沒有，根本已經是命令。

「嘖……」孔天強思考了一下子，為了避免璃真的把孔天妙叫醒，所以他決定乖乖替璃提行李箱。他拿了最小的那個行李箱，然後轉身往家門的方向走，但是卻立刻被璃抓住。

「汝難道沒看見嗎？咱可是有兩個行李箱。」

璃燦爛地對轉頭回來的孔天強一笑，這讓孔天強的額頭瞬間浮起青筋，但是又想到璃等等又要往孔天妙的房間衝，這讓孔天強只能默默地拿起另一個行李箱。

行李箱重到不合理的程度，孔天強完全不懂為何自己和璃的行李量可以差到這麼多。

璃看著像牛一樣拉著行李箱的孔天強一邊竊笑，因為除了「行李都是必需物品」外，其他的全部都是謊話，她就是抓著孔天強不敢吵醒孔天妙的心態才會說了一個看起來像是真實的謊話，就只是一如往常的惡作劇。

凌晨五點，孔天強和璃一同離開家裡，這也是孔天強會被耍著玩的理由，這時候孔天妙還在睡覺。

夏末的此時天色方明，孔天強和璃之所以要這麼早出門全是因為在前天的時候收到來自妖怪會的通知，主要是針對孔天強先前提出的要求做了詳細的計畫、說明和期望達成目的，簡單來說就是孔天強先前提出的要求得到批准，妖怪會會派人來協助——

變得更加強大的修行。

然而這場修行感覺有點奇怪，孔天強可以理解修行的地點挑選在深山內的原因，但是他完全不懂為何修行地點明明在深山內，注意事項卻提到需要準備泳裝；更奇怪的事情是在知道要去修行後，孔天妙就開始幫璃張羅準備，最後居然張羅出這麼多東西來，再加上璃現在一身輕鬆的裝扮，白色襯衫搭配牛仔吊帶褲、狐狸腦袋上戴著大草帽加上大墨鏡，他真心感覺這次的修行有詐。

其實一開始，孔天強一點都不想帶這狐狸精去，他認為自己的修行沒有帶這個麻煩鬼的必要，但卻很神奇的，通知單上也有璃的名字，孔天妙也禁止孔天強把璃丟包，所以孔天強才會帶著這隻狐狸精走。

太多想不通的事情，讓孔天強惴惴不安。

兩個人一到一樓，一輛黑色的小巴士已經在路邊等候，一看到那輛小巴，孔天強原本就冰冷的臉變得更沉，因為那輛小巴士上充滿他不喜歡的氣息——妖氣。

「汝啊，為何臉色又這麼難看？汝都和咱相處這麼久了，還不習慣妖氣嗎？」

孔天強瞥了璃一眼，看著她調皮的笑容，接著繼續往前走。

「等你們很久了，還不快上車！」坐在副駕駛座的笑容先生——劉家光一臉睡意、沒好氣地說著然後打了個大呵欠，他的臉上沒有以往的招牌笑容，只有滿滿的疲倦。他埋怨道：「真是的，居然派這種任務給我，累死了。好險這次只要負責露營和烤肉，就算了。」

孔天強一聽到劉家光的話，眉頭越皺越深，他開始懷疑這一次根本就是旅行而不是修行。殊不知這句話是劉家光故意說給他聽的，孔天強的反應全被他看在眼裡。

「露營和烤肉！」璃一聽到劉家光這麼一說，雙眼立刻閃閃發光，如果現在尾巴有顯現出來肯定會因為興奮而甩得四處都是狐狸毛。

接著璃衝向車裡，一副迫不及待的樣子，迅速坐到窗邊的座位後把狐狸腦袋從窗戶探出來，催促還在猶豫是否要上車的孔天強：「汝還不快點上車？別耽誤咱烤肉和露營的時間！」

偶然在電視上看過露營和烤肉片段的璃，早就想要嘗試看看何謂露營烤肉的感覺，孔天強知道這隻幾乎整天都守在電視機前的「電視狐狸」大概是這樣才會這麼興奮，他忍不住嘆口氣然後走上車，同時一邊祈禱這次是個正經的修行。

不過才一上車，孔天強又愣了一下。

開車的司機，是在一個月前就被他殺掉的牛妖。

牛妖也注意到孔天強，臉上立刻閃過恐懼之色，迅速把視線放回正前方不敢亂看。

孔天強思索一會，馬上知道這一定又是妖怪會做的事，他重新思考了當時現場的所有細節。因為螞蟻精當時造成的騷動讓他沒有去確定牛妖的生死，也因為追蹤螞蟻精，所以雖然當下有感受到一股奇怪的氣息，但是他卻沒有去細究。

孔天強現在回想起來也認出了那股氣息的主人，大概就是現在也在車上的那位——半吸血鬼林家昂。

孔天強的推測確實沒有錯，那時在妖怪會臺灣區區長尤羅比斯的命令下，林家昂趕往事發地點並在那裡撿到奄奄一息的牛妖。這段時間，在林家昂的照顧和指導下，牛妖已經逐漸懂得控制身上半妖的血脈，並且正式成為妖怪會的一員，也因此才會出現在這裡。

車上除了三個熟面孔外，還有三個生面孔的女人，其中兩個是妖怪，一個還散發出驚人的妖氣；而唯一的人類女性有著一頭罕見的白髮，她在看見孔天強後臉上出現一絲驚訝。

「汝是何種妖異？」知道車上都是自己人，璃就像是和老朋友聊天一樣對著氣息最強大的妖怪開口。

孔天強則沒有璃那樣的輕鬆自在，他警戒地盯著那個一頭紅髮、看起來約三十歲上下的女人。

「我嗎？」面對狐狸精一點都不禮貌的提問，女人並沒有生氣，反而對其投以笑容，緩緩地報出自己的名號：「我是被人稱為神獸鳳凰的存在，人類的名字叫做黃韻雅，歡迎你們叫我雅姐喔！」

「鳳……」一聽到這名號，孔天強忍不住向後退了一步，然後一臉不可置信地看向劉家光，他完全想不到鼎鼎大名的神獸為何會出現在此，他也沒想過自己會有碰上妖怪而驚慌失措的一天。

「鳳、鳳凰！」璃也從椅子上彈了起來，一臉不敢相信地看著眼前的女人，「為何汝的妖氣……沒有想像中的強大？」

「我有努力克制喔，還有用道具把大部分的妖氣封印住了，要不然現在這一帶可能早就被我的妖氣弄到燒起來了吧。」黃韻雅說著，露出右手小指上那枚刻滿咒文的銀色戒指，「還有，你們的反應別這麼誇張啦！」

「就是這樣。孔天強，真難得會看到你這麼慌張耶。」劉家光調侃意味十足的對著孔天強說：「幹嘛？欺負的妖怪太多，碰到這麼強的反而害怕，你這樣和欺負弱小的混蛋沒有什麼兩樣吧？」

孔天強狠狠地瞪了他一眼。

「這次你的修行，結界的部分是她們負責的，她們是妖怪會旗下直屬部隊『鳳凰隊』的成員，然後鳳凰大人負責監視本次的任務，所以你可別出糗喔。」

劉家光的話讓孔天強更加不明白，為何他一個妖怪獵人的修行會勞駕到傳說中的神獸出馬？

孔天強沒有聽懂劉家光的話，反而是聽出一些味道的璃看了劉家光一眼，然後咧嘴一笑。

「咱覺得這次的『修行』會很有趣呢。」

孔天強看了璃一眼，然後把行李拉到最後面和其他人的放一起，這時他看見除了露營用具以外，也有烤肉用品、小冰箱等等，另外還有釣竿、游泳圈。孔天強越來越懷疑這次修行的目的到底是什麼。

路途中，孔天強雖然想要小睡一下，但是卻被璃弄得睡不著，特別是她的尾巴，因為興奮的緣故所以完全藏不住，不斷地狂甩，可憐的孔天強就不斷被她的尾巴抽打還弄得一臉狐狸毛，孔天強完全不懂為何璃要拉自己和她坐一起。

璃第一次坐車旅行，相當興奮，特別是在進入山區後更是不斷地拍打玻璃。在現代社會已經生活一個多月，璃都快要忘記森林的氣味，看著車外一片翠綠，璃感到萬分的懷念，雖然不是原本住的山，卻有種回到家的感覺。

車子開到道路的盡頭，這裡的道路非常破舊，顯然沒什麼人會來，下車後放眼望去杳無人煙，除了鳥叫蟲鳴之外，就是翠綠與天藍。

不過到這裡還沒有結束，一行人開始以步行的方式順著古道和獵徑往更深山走去，這裡有事先準備好的手推車，由牛妖負責把行李裝車後往上拉。

跟在隊伍的最後頭，孔天強看著牛妖，而牛妖卻害怕得不敢看他，粗壯的手更是微微地發抖。

「汝啊，可別以為這裡是深山，就能隨意地把對方殺掉吶。」璃見到牛妖的恐懼，所以刻意走到孔天強身旁、用牛妖可以聽見的音量刻意這樣說。

牛妖抖得更加厲害，整輛推車不斷發出詭異的喀喀聲響。面對自己惡作劇的成果，璃嗤嗤地笑起來。

「那天之後，過得怎樣？」孔天強瞪了璃一眼，然後走到牛妖身邊低聲問道，但是卻沒有正眼看向牛妖。

「唔！」面對這突然的提問，牛妖顫了一下，他完全不知道該怎麼回答這個問題，究竟該當成單純的問候，還是要解讀成「為什麼你還活著」之類的問題？在思考了一下後，牛妖緩緩地回答：「還、還可以……」

「在那之後，都在妖怪會？」

「呃，嗯……」牛妖完全不知道該怎樣回應、做出怎樣的表情，所以只能一臉呆滯地點了點頭，同時暗自祈禱孔天強可以快點放過自己。

不過，在害怕孔天強的同時，其實他也十分感謝孔天強。如果那天沒有孔天強的阻止，牛妖知道自己肯定會犯下無法挽回的錯誤。

「嗯。」孔天強點了點頭，然後刻意加快自己的速度，走在前方隊伍和牛妖之間，這讓一群人分成了三個區塊，孔天強站在最微妙的位置。

「汝啊，不用這麼害怕。」看著孔天強的背影，璃晃了晃尾巴、用牛妖才能聽見的音量說道：「那蠢驢雖然看起來會讓人害怕，但是其實相處下來會發現他沒有那麼可怕，而且是個不善言辭的老實人，即便沒說太多，可方才那是他關心汝的方式。」

「呃……嗯。」牛妖點了點頭，然後思考幾秒後臉上也出現一抹淺笑。

上山走到目的地又花了兩個多小時，他們在一處靠近小溪的地方開闢出營地。

「好了，大家來準備烤肉的東西吧！」一做完紮營的準備後，在車上睡飽的劉家光臉上重新出現笑容，用著畢業旅行的領隊大哥哥才會有的爽朗和精神十足的聲音對著大家說道，然後開始分配工作。

劉家光和鳳凰隊的黃韻雅、鳥人哈比．菲一同處理食材，牛妖負責搭帳棚，孔天強、璃和那個一直沒有開口說話的人類少女則是撿柴火和看有沒有能加菜的食材。

分組是透過抽籤決定的，看似很公平，其實並非如此，而這樣的抽籤結果正是劉家光想要的。

孔天強沉默地走著自己的路，那個至今不發一語的少女也依然沉默地走著自己的路。

「汝等是在做什麼，為何都不開口？」因為兩人都沉默，搞得璃非常不自在，終於受不了地叫出來：「難不成汝等都成了啞巴？」

「沒有什麼好說的。」孔天強和少女異口同聲，默契好得讓璃有點小嫉妒。

「汝等在這時候都這麼團結！」璃忍不住跺了幾下狐狸腳，狐狸腦袋轉呀轉，想要改變現在這詭異的氣氛，想了一下後她跑到少女面前試著開啟話題：「汝說話的口音有點奇特？若非汝為洋人？」

少女卻瞥了璃一眼，那眼神就像是看見垃圾一樣，這讓璃有點僵住。少女隨即繞過璃，繼續撿柴火。

璃看著那眼神加上方才對方的態度，突然有種碰上女性版孔天強的感覺。

「咱和汝說話，難道汝沒聽見？」璃又繞到少女的面前，然後故意在她的耳邊喊，少女一臉嫌惡地閃了一下，璃這才一臉得意地說：「哎呀，咱還以為汝不僅是啞巴，更是個聾子，原來是正常人啊！」

「別欺負她。」孔天強立刻出聲制止。

「咱才沒有。汝啊，有沒有懷疑那小妮子是汝失散多年的妹妹？個性居然能這麼像也是奇蹟，雖然髮色天差地遠就是了。」

「我家就只有我跟姐姐。」

「咱隨便說說的，汝居然還認真回答……不過她對咱這態度，咱還真的吞不下這口氣！就跟汝當初對待咱那樣！也好險咱和她沒有訂下什麼約定，所以咱可以盡情欺負她！」

孔天強知道璃是認真的，他也知道自己阻止不了璃，只能祈禱兩人不會打起架來。

「汝！」

璃立刻把少女按到大樹上、兩手擋住少女的去路，形成了「樹咚」的姿勢，又因為身高相近的緣故，所以璃那火紅的視線就這樣和白髮少女棕色的雙瞳直勾勾地相對，兩者對峙的視線宛如看得見火花，下一秒就有可能引起大火，光是在旁邊看著的孔天強就感受到多年未曾感受過的緊張感。

「咱可不記得咱有對不起汝，為何要忽略咱的存在？」

「臭東西。」

「什……真不好意思，咱沒聽清楚，汝說了什麼？」璃的雙眼瞪大、尾巴豎直、面目猙獰得像是要把人生吞活剝，她聽得很清楚，她不信在這樣的表情下還有人敢再說她臭。

「臭東西。」

少女還是說了第二遍。

「咱……」璃這樣愣了幾秒，接著雙眼一瞇、鼻子抽了幾下，然後轉身、快步的走向孔天強，二話不說就把自豪的尾巴往孔天強的臉上甩，一臉緊張地問：「咱、咱真的很臭嗎？」

瞬間被拍了滿臉狐狸毛，孔天強很清楚地嗅到除了淡淡的狐狸騷味外，還有洗髮精的味道，不可思議的是這股騷味搭著這洗髮精的香味聞起來莫名地好聞。

「走開。」孔天強毫不留情地拍掉臉上的尾巴。

「汝、汝該不會也覺得咱很臭吧？」璃露出一副快哭出來的表情，她抱起自己的尾巴狂吸猛吸一輪，然後一臉委屈地看向孔天強，「咱明明每天都有洗澡和保養，咱覺得這味道不臭而且還很好聞！」

孔天強覺得眼前這隻過度融入人類社會的狐狸精真的有點煩人，加上不管自己回答什麼，肯定都會造成旁邊那位陌生少女的誤會，所以決定彎下腰繼續撿自己的柴火。

璃完全沒有想過也沒注意到原本是野獸的自己居然在意起自己身上的味道，甚至還迷上了電子產品等等東西，她已經在不知不覺間慢慢地從古代人演化成現代人。

「咱！是不是！很臭！」璃看孔天強不理自己，生氣地一把揪住孔天強的衣領叫著，若孔天強不給答案就不放過他。

「……沒有。」孔天強只能妥協，一如往常。

「那就好。」聽到孔天強這麼說，璃才一臉滿足地放過他，接著重新回到少女面前、樹咚她，這次的表情還帶著得意，「汝也聽見了吧？咱一點都不臭！」

少女盯著她的雙眼微微一瞇，那嫌惡已經滿溢，少女低聲唸了一句璃從沒聽過的語言。

「什……！」璃感覺腹部突然被一股強勁的力量一揍，整個人瞬間向後彈開，完全來不及反應的她沒有做任何防禦措施，背脊就這樣狠狠地撞上樹幹，骨頭還發出可怕的響聲。

看見這一幕的孔天強立刻扔下手中的木柴，並且走到璃的身邊查看璃的情況。雖然撞得很大力，但是璃強大的復原能力讓她沒有什麼大礙，孔天強接著看向少女，那對雙眼帶著憤怒。

「我討厭妖怪。」似乎是要替自己辯白一樣，少女緩緩地說著，她的表情很明顯的有點害怕孔天強。

「咱沒事，這根本不痛不癢。」璃拉了拉孔天強的手，要他稍微收斂不經意就散發出來的殺氣，然後咧開嘴說：「不過突然來這麼一下，咱還真的有些嚇到。」

「真的沒事？」孔天強重新看向璃。

「咱真的沒事。」璃揉了揉肚子、緩緩地站起身，接著看向孔天強說道：「不過這孩子真的就是女性版本的汝耶！」

孔天強完全不知道該怎樣回應這一句話。

「都是一副要把妖怪殺光的臉，這根本就是妖怪過敏吧？」看著孔天強的表情，璃一邊把孔天妙曾經說過的詞彙用上，雖然她並沒有很了解「過敏」究竟是什麼意思，「看到咱就想把咱生吞活剝，孔天強的生吞活剝咱還能接受，剝了咱的衣服什麼的咱可以理解，因為雄性生物都是那樣的野獸，但是汝這陌生的女子，咱可接受不了，剛剛那一下可差點把咱全身骨頭都打散了。」

「妳別亂說。」孔天強知道璃說的是前幾天她隨便拿了自己的衣服去穿，自己則拚命要把衣服奪回來的事情。

「不純潔……」少女用十足鄙視的眼神看向孔天強，緩緩地吐出這三個字，而且眼神中還帶著滿滿的失望。

「妳……」孔天強瞪向笑得彎下腰的璃，握緊的拳頭狠狠地敲在她的腦袋上。璃咬到舌頭，再也笑不出來。

少女不屑地看了兩人一眼，轉身快步離開。

孔天強的額頭浮出青筋，然後又瞪了璃一眼，雖然想罵人，卻罵不出來，因為他知道要是真的跟眼前的狐狸精鬥起來的話，自己只會吃更多的虧。

「虎啊，咱熱為惡孩子很危前。」因為咬到舌頭的關係，璃的口齒有點不清楚，她一邊揉著被敲疼的腦袋、一邊看著少女的背影說道：「咱鋪雌道惡孩子還特原因，但四咱可橫嘿有危險。」

「那不關我的事。」雖然璃口齒不清，但孔天強卻馬上明白她的意思，然後冷漠地回應。

「恩得嗎？」璃斜眼看向孔天強，笑得咧開了嘴，那火紅的視線盯得孔天強渾身不自在，「噗哧道四賊一見到咱後夯又齊特跳咬，方還無此，沆四野無此。」

「舌頭咬到就閉嘴。」孔天強瞟了她一眼，然後繼續彎下腰撿柴火。

璃嗤嗤地竊笑，真心認為孔天強很可愛，不過她也知道孔天強沒有理解她說的「危險」是怎樣的危險。

並非性命上的威脅，而是雌性間的戰爭。從一上車她看到少女望著孔天強的眼神就有感覺，直到剛剛對方嫌惡的眼神，璃更加確定自己的推測沒有錯。

撿拾柴火的工作很快就結束，少女和孔天強各自抱了一捆柴火回到營地，璃則是運用野獸本身就有的知識找了一大堆野菜和漿果回來。

烤肉的香味讓璃十分動心，這誘人且陌生的香氣讓璃不斷地躁動，尾巴不安分地甩著、肚子發出沒形象的叫聲。

「剛剛撿柴火的時候，有發生什麼事情嗎？」劉家光看到少女的表情，立刻將孔天強拉到一旁私底下問：「你應該也有發現她不一般的地方了吧？」

「你有什麼目的？」孔天強沉著臉質問。

「嘖嘖，你怎麼可以這樣懷疑我呢?我哪會有什麼目的啊？」劉家光燦笑著咬了口烤肉，那笑容和孔天強繃緊的臉簡直就是這世上最強烈的對比，「你別想太多了，我只是希望你可以幫忙照顧一下這次一起露營的同伴而已。」

「她到底是誰？」

「名字叫做倉月紅音，是個結界師。」劉家光說著又咬了口肉，吃得滿嘴油光，「父親是日本人、母親是臺灣人，倉月的整個家族都是日本妖怪會的成員。三年前父母被妖怪殺害後來到臺灣，然後因為能力的關係，讓她加入專門運用結界進行任務的鳳凰組。」

「為什麼要來臺灣？」

「或許我剛剛說得不太恰當，正確來說，她是被家族的人趕到臺灣來。因為日本陰陽道的戰鬥方式有點類似端木家。你知道吧？妖怪獵人三大家的端木家。倉月家和端木家一樣會和妖怪簽約，他們稱之為『使役鬼』或是『式神』，作為他們陰陽師在結印或唸咒時的護衛；而倉月因為做不到這一點，所以被家族的人以『去投靠臺灣的親戚』為由趕到臺灣來了。」

「做不到？」

「你現在有信心能跟妖怪當好朋友嗎？」

這欠揍的反問讓孔天強瞬間明白原因。

這就和自己一樣，孔天強馬上想起方才璃說的那句話——

這孩子真的就是女性版本的汝耶！

「汝還真是笨，這問題一點價值都沒有。」看到孔天強和劉家光鬼鬼祟祟的，璃早就偷偷跟了上來，此刻的她兩手都拿著一串烤肉，左邊咬一口、右邊咬一口，吃得滿嘴肉屑和油漬，一副十分享受的樣子，尾巴完全出賣了她此刻的心情，「不過沒有那什麼鬼還神的，有關係嗎？」

「沒有使役鬼的話，結界師會完全沒有防備、直接被敵人擊中，而且日本陰陽師雖然能夠用很強大的術，但是鮮少有人會修煉體術，因此從結果來說，現在的她沒辦法獨自作戰，不太適合當陰陽師。但是她確實有結界術方面的天賦，所以還是讓她加入了鳳凰組。不過，她因為痛恨妖怪的關係，所以常常跟組內的妖怪成員產生摩擦，說實話還滿讓人頭痛的。」

「噗噗，這情況怎麼好像似曾相識啊？」璃笑著斜眼看向孔天強，同時開始猜測妖怪會特意把倉月紅音介紹給孔天強的原因到底是什麼。

從實力來看，其實布置整座山的結界只要依賴黃韻雅就可以，頂多再加上菲這個可以在空中飛行的助手就好，因此倉月紅音的存在讓璃更加懷疑。從現況來看，她完全想不透原因，但是又害怕等到推敲出來之後卻為時已晚。

在璃思考的同時，她的話讓孔天強忍不住瞪她一眼，什麼都沒說就離開現場，走到烤肉架旁、拿了串烤肉，接著席地而坐、一臉不開心地吃著。

「汝啊，該生氣的對象可不是咱，而是欺騙汝的那傢伙。」在孔天強離開後，璃低聲對劉家光說。

「喂喂，妳在說什麼啊，我剛剛沒有任何一句話是謊話喔。」

「咱沒說汝說謊，而是欺騙。汝說的是實話，但是刻意隱瞞一些事情不說、刻意把看事情的角度引導到某些地方去，這正是欺騙。」璃那對火紅的雙瞳盯著劉家光的雙眼。

透過那熾熱的眼神，劉家光感受到十足的獸性以及睿智，這讓他本能地向後退了一步，但璃並沒有打算因為他的示弱而放過他，她用手上的竹籤指向劉家光，竹籤的尖端距離劉家光的臉不到幾公分。

璃的雙眼微微一瞇，又說道：「汝等在盤算什麼，咱並不清楚，但若是企圖將這蠢驢從咱們身邊奪走，就算汝等那裡有神獸，咱也絕對不會放過汝。」

「如果不是見過不少大風大浪，我早就被妳的氣勢嚇得屁滾尿流了吧？這樣用竹籤指著人很危險啊。」劉家光說著，抽走竹籤，然後正色地看著孔天強和璃，「我們不是綁架集團，別說什麼奪走不奪走的，妖怪會絕對不會這樣做。」

「那就好。」

「而且以現況來說，我們要他幹嘛？」劉家光又擺回原本燦爛的笑容，「說實話，現在的他就是個扯後腿的，我還真的不知道要建議他去哪一個組耶！」

璃馬上聽出來這是句謊話。

劉家光早就暗自決定，就算哪天妖怪會要徵召孔天強，劉家光也一定會阻擋到底，因為孔天強是他那無緣的弟媳唯一的親人，他實在不忍心弟媳最終一無所有。

「然後，若是別種意義的奪走，咱可要先宣言，這蠢驢是咱的，也是咱先發現的，任何人都奪不走他。」璃說著，露出銳利的尖牙，「若是有人敢動歪腦筋，那咱一定會毫不猶豫地用各種手段將他奪回。」

「唉呀，真是火熱熱的宣言，狐狸精大人啊，做出這樣的宣言，妳該不會愛上他了吧？這個痛恨妖怪的妖怪獵人。」

「咱不知道何謂是愛，咱只知道咱非常中意他身上的氣味，那氣味讓咱非常安心，但若是混進其他雌性的氣味，即便是妙妙的味道，咱也會莫名不安，而且一想到他和其他雌性卿卿我我的畫面咱就覺得厭惡。狐狸也是有領域性的生物，咱可不允許咱的地盤上有其他競爭的雌性！」

「真是自私的理由，妳也該顧慮一下當事人的想法吧？還有，妳很明顯忽略了一件事情。」劉家光說到這裡刻意頓了一下，等到璃露出困惑的眼神後，他露出一個不懷好意的笑容，這個笑容讓璃立刻明白劉家光的意思。

「就算咱是妖怪又如何？咱只知道咱的想法非常明確，簡單明瞭的事情咱不想想得太複雜。」

「現在不算想得太複雜嗎？放心吧，她負責的結界和鳳凰大人、菲不一樣，她的工作是負責避免孔天強『失控』喔，就只是避免最糟糕情況的保險而已。」

「咱認為這工作就算鳳凰一邊負責維持結界、一邊進行也行，反正雖然以監視之名來到這裡，結果還是幫忙山上布置結界的工作，那麼也不差阻止孔天強失控吧？」璃看著劉家光的笑容，越看越覺得虛偽：「而且結界師這麼多，為何偏偏挑她這麼一個和孔天強處境相似的人類？咱怎麼想都覺得居心不良。」

「怎麼會呢？我可沒有下什麼奇怪的指示喔，不相信的話妳可以問倉月啊！」劉家光手一攤，表面上雖然無比輕鬆，但是心底卻有點緊張，因為他害怕再繼續下去就會被眼前的狐狸精察覺什麼。眼前這隻狐狸精的聰明程度遠超過他的想像，因此他轉身就要離開，離開的時候一邊說：「處境相似只是巧合，因為目前有空的人只有她，所以才會找她囉！」

「呿……」璃大力的扯下竹籤上的肉。

這輪對話下來，弄得璃更加不安，而且還讓她一肚子火，她因此更加不客氣，轉身走到烤肉架旁邊一口氣就拿了五、六串肉，大口大口的把上頭的食物全部豪邁地扯下來，然後把吃完的竹籤往孔天強身上扔。

瞥了璃一眼，孔天強默默地把竹籤丟到一邊的垃圾袋裡，然後繼續吃自己的東西。

「汝啊，關心一下咱會怎樣？汝應該也看得出來咱很不開心。」但是就算孔天強不去招惹這隻任性的狐狸，這隻任性的狐狸也會找上他。璃瞪著孔天強說：「汝真的有這麼笨？」

「關心什麼？」孔天強又瞥了璃一眼。

「咱的心情很差，先問咱原因啊，汝這大蠢驢！」

「然後？」

「汝！」璃氣得跳起來，然後踢了孔天強一腳後便忿忿地離開。

不過，璃雖然非常生氣，但是其實她沒有很清楚自己氣憤的原因，即使嘴巴上這麼說孔天強，可是她也沒有很懂自己心中的煩躁該如何解釋，只知道這狀態讓她沒有辦法好好思考所有的事情。

所以，現在的她完全沒有注意到劉家光的其他目的。

睿智的狐狸精只對了一半。劉家光會特意找跟孔天強處境相似的倉月紅音來，有部分的理由是為了湊合兩人，但是說到底也只是「有可能」而已，若是其中一方沒有意願，那也是白搭。

而從現況來看，確實是白搭。

至於另一個目的，劉家光相信璃一定會因為倉月的出現而受到刺激——因為在沒有敵人的情況下，「羊」會過得太安逸，偶爾必須適時的製造敵人、讓這狐狸精有點危機意識才行，否則這樣順其自然下去，孔天強和璃就會只是「這樣的關係」。

當然，這和第一個可能性一樣，就只是「可能」而已。

孔天強其實還是有其他的選擇能選。

不過，完全在狀況外的孔天強根本沒有意識到已經有一場戰爭即將展開，只一心在意接下來的事情，期待著可能會出現的修行內容。

然而，這全是孔天強的痴心妄想，因為劉家光壓根沒有規劃修行的課程，會挑在這裡也是因為有其他的目的。不過，在孔天強一上車的那一刻，修行就開始了。

簡單地說，這是沒有課程的修行。

FOX SPIRIT

\>>> Chapter.2_ 沒有課程的修行，就是要找人釘孤枝！

「好冰！咱的尾巴毛都豎起來了！但是好舒服！」璃的叫聲源源不絕從營地旁的小溪傳來。

和笑得無比燦爛、在陽光的襯托下顯得閃閃發光的狐狸精相比，躲在岩石陰影下的孔天強看起來就無比地灰暗，像是潛伏在黑暗中的死神一樣，盯著眼前燦爛的現充們，隨時都要奪走她們性命的感覺。

但是他其實只是在思考為什麼現在會是玩水的時間而已，卻因為地點的關係，讓他那張原本就有些陰沉的俊臉看起來多了幾分死神的感覺。

璃此刻穿著白色比基尼，裝飾用的小緞帶不斷地晃動，那雄偉的雙峰也不斷地晃動，她正和黃韻雅以及菲互相潑水，耀眼的陽光照著水花，讓女性看起來就像是鑲著鑽石的寶物。特別是璃，那出色的外貌、姣好的身材，相信只要是男人看了都會心動。同樣是男人的孔天強也不例外，所以他其實不斷地挪動視線，不敢在璃身上停留太久。

孔天強在吃完午餐後就在這裡等待，等著劉家光帶他去修行的場所，但只是一個不注意，劉家光居然失蹤了。不只劉家光，連林家昂和牛妖都不見蹤影。雖然在營地可以感應到牛妖的妖氣，但是因為森林裡有太多其他的氣息，再加上鳳凰組的結界有擾亂感應氣息的功能，所以孔天強一直抓不到他們正確的方向，也因此一直沒有主動去找人。

「蠢驢，汝一直在那角落看起來很可怕耶，快和咱們一起玩水啊！咱等著潑汝一身水！」

「我沒有泳衣。」雖然想直接無視璃，但基於對神獸鳳凰的尊重，孔天強還是委婉地拒絕。

「咱有幫汝帶。」璃對孔天強一個燦笑，笑得他瞪大了眼，「咱在汝的房間湊巧看見，想說汝忘記了就幫汝帶來了。快點去換上，讓咱潑汝水！」

「沒興趣。」孔天強完全沒想到這狐狸精居然這麼細心，所以這次就直接拒絕她，並且站起身往帳篷的方向走去。

一走到搭帳篷的地點，孔天強這才注意到一直沒有太多存在感的人——倉月紅音——她沒有跟其他女人一起玩水，也沒有和男人們離開，就這樣靜靜地待著、坐在樹下看書。

陽光透過樹葉的縫隙灑在倉月的身上，那白色的頭髮映著陽光，再加上那張集中在書本世界的文青神情和精緻的五官，一瞬間讓人有種看見西方奇幻小說內的妖精的錯覺，不過妖精的眉宇之間不應該有這樣的哀傷才對。孔天強看著，忍不住認同璃的話，眼前的少女簡直就是女性版的自己。

想了一下後，孔天強站到倉月面前，落葉碎掉的聲音引起倉月的注意，她抬起頭來看到孔天強的瞬間，臉上閃過一絲驚訝，但是她馬上又擺出原本的那副撲克臉。

「什麼事？」倉月冷冷地問。

「妳認識我嗎？」

「你很有名，『黑色火焰的影魅』。」

「原來如此。」

「為什麼你會跟妖怪在一起？」倉月順勢問出她最想知道的問題，「我所知道的『黑色火焰的影魅』最痛恨妖怪。」

「某些原因，所以暫時收留她。」

「不是因為喜歡她？」

「……不是。」在回答的時候孔天強猶豫了一下，不過他其實也不知道自己為何猶豫，但又覺得直接否認很奇怪。

「騙人。」察覺到那份猶豫，倉月微微地瞇起眼。

「沒有。」

「那就殺了她。你是影魅，你做得到。」

「不行。」

「為什麼？」

「因為有約定。」

「……你和我想像中的影魅不一樣。」

「我不知道妳想像中的我是怎樣，但是，一定不一樣，至少，我沒有傳聞中或妳想像中的強大。」

「……騙子。」倉月又把視線放回書上。

「劉家光他們在哪裡？」不想繼續這個話題的孔天強立刻提問，但是因為剛剛的對話，兩人間的氣氛已經降至冰點，孔天強完全不明白眼前的少女到底在想什麼，只知道她的話讓自己感到不悅。

「不知道。」

「是嗎？」

「還有，如果你不喜歡那隻狐狸精又不想殺了她，離她遠一點。」

「為什麼？」

「看了就討厭，還弄得你全身是妖氣。」

「我是人類。」

「不懂嗎？」倉月再次抬起頭，那表情充滿不開心，「你的身上，全部都是那隻狐狸精的味道，很噁心。」

孔天強一聽，馬上理解到底是怎麼回事，十之八九是因為璃常常在他身上磨蹭，心血來潮時會咬他或是偶爾會偷穿他衣服的原因，所以他身上會有濃濃的狐狸味是正常的。

這樣的行為雖然孔天強一開始很討厭、讓他煩得想宰了她，但是久了之後孔天強居然習慣了、變得不怎麼在意。殊不知這是璃在「自己的東西」上做氣味記號才會有的動作，也因此時間久了孔天強就變得渾身狐狸騷味，但又因為聞得太習慣，所以孔天強完全沒有察覺。

一想到璃一臉憨樣蹭著自己的表情，孔天強只能無奈地嘆了口氣，雖然有點生氣，但是卻又不知道為何自己不想跟她計較。

「這不是我的問題。」但就算如此，孔天強覺得自己還是必須把事情說清楚。

「……真失望，你最終，都和那些人類一樣。」

「什麼意思？」

「同樣都是憎恨妖怪之人，而且你又這麼強，我一直都把你、把你……」倉月始終沒有辦法把「英雄」二字說出口，因為這讓人太難為情，「我其實很期待能跟你見一面，甚至想成為你的伙伴。」

「我一樣憎恨妖怪。還有，我不會找伙伴。」

「你其實沒有憎恨妖怪。」

倉月斬釘截鐵地說著，這讓孔天強的臉色又沉了幾分。

「妳憑什麼這樣斷定？」

「憑你和那隻狐狸精和樂融融的樣子。」

「……才沒有。」他否定得十分無力，因為他其實也知道自己最近真的和狐狸精太過親密，甚至上次看到她受傷還急得差點暴走。

孔天強雖然有想到好幾個理由來解釋，像是「姐姐的命令」或是「要利用她」都是不錯的理由，但是到頭來他發現自己說不出口。

他很清楚，一起生活的這段時間，璃對他而言已經是很特別的妖怪。

「沙沙沙沙……」

突然的騷動將孔天強和倉月從話題中拉了出來，遠方的森林突然間群鳥飛竄、騷動鳴叫，緊接著一陣強烈的妖氣襲來。那是非常強大的妖氣，強大到能夠清楚判斷方位，孔天強馬上認出那是林家昂的妖氣。

孔天強一點猶豫都沒有，立刻朝氣息傳來的方向狂奔。他的速度並沒有因為森林內的各種阻礙而慢下來，無論是倒塌的樹木抑或是突出的石塊，這些對平常就有鍛鍊身體以及擅長使用強化身體法術的孔天強來說根本不是問題，他奔跑的速度像是在平地一樣快。

但身為結界師、定位就和電玩遊戲的法師差不多，毫無體力也沒做什麼體力鍛鍊的倉月完全跟不上，而且才爬一段路就覺得喘，因此一瞬間便被孔天強甩在後面老遠。

孔天強很快地衝到感應到氣息的地方，立刻看見失蹤一段時間的三個男人。

這個區域的樹木被掃倒，很明顯是被強制移除，樹木東倒西歪且是被人用蠻力連根拔起，硬是在深山中開拓出半徑大約五百公尺左右的空地。三個男人站在空地的正中央，吸血鬼化、也就是氣息來源的林家昂此刻手上正拿著看起來十分特殊的十字鎬敲擊地面，每敲一下地面就裂開數塊、下陷數公尺深；牛妖負責將那些石塊挪開讓林家昂繼續敲；至於劉家光，則是站在一旁看著手中奇怪的儀器指揮現場。

「你們……在做什麼？」孔天強快步走到劉家光身邊，沒有什麼好臉色地問：

「修行呢？」

「啊，被發現了啊？」一看到孔天強，劉家光先愣了一下，接著一臉受不了地說：「真是的，原本還想在完成的時候給大家當成驚喜呢。」

「驚喜？」

「溫泉啦，溫泉。」劉家光說著，把手上奇怪的儀器給孔天強看，上頭有著各種數據，孔天強一個都看不懂。劉家光解釋：「這是請妖怪會的溫泉妖精製作的溫泉探測器，因為某些原因導致這個區域有溫泉，我們正在把溫泉挖出來，然後想說挖好、整理好後晚上讓大家泡，結果提前被發現了。」

「我來這裡不是為了這個。」孔天強瞪了劉家光一眼，又看向揮汗如雨的林家昂和牛妖，他忍不住握緊拳頭、用將近低吼的聲音說道：「什麼溫泉……」

「呃，不然你是來做什麼的？」劉家光一臉茫然。

「修行，變強的修行。」孔天強斜眼看著劉家光，臉上有藏不住的怒意。

「啊，對喔，好像還有這件事情！」劉家光這才一副恍然大悟的樣子，一臉燦笑地對孔天強說：「抱歉抱歉，顧著挖溫泉都忘記了。」

如果知道真相，肯定會認為今年金馬獎最佳男主角非劉家光莫屬。

他其實一直都知道孔天強在意的是什麼，也因此故意一直不提修行的事情，還在吃完午餐後趁孔天強不注意、偷偷摸摸地來到這裡，並且用一件很蠢的事情當藉口，目的全是為了要激他。

劉家光的最終目的是要讓孔天強妖化。

「什麼時候才能開始？」孔天強瞪著劉家光問。

「我想想，可能明天或後天吧？」劉家光露出笑容先生式的招牌笑容，這讓孔天強才稍微收斂一點滿身的殺氣。接著劉家光又說：「因為我忘記規劃課程了……沒辦法，難得出來走走，興奮得都忘記正事了……糟糕，這就跟期待畢業旅行的小學生一樣嘛！」

「後天就要回去了！你……」

「別這麼緊張嘛，休息是為了走更長遠的路啊！」劉家光笑著拍拍孔天強的肩、打斷他的話。此刻的孔天強已經氣得打顫，但是劉家光卻毫不害怕，提議道：「要不然這樣，這次的修行課程就是好好休息，你覺得如何？」

「我沒有時間在這裡瞎耗！」

「沒時間也得有時間啊！」

「到底是為什麼！」

「因為我不僅沒有規劃課程，也沒有準備修行用的道具啊！」

劉家光的笑容燦爛到十分欠打的程度，如果不是因為有所畏懼，孔天強早就一拳揍到劉家光的臉上。

「這到底是什麼意思！我沒有時間陪你們玩樂！」

「那你可以回去嘛，小心別遇難喔！只是搞不好我們下山的時候，你還在山裡繞圈圈呢。」

「你！」孔天強咬牙切齒地握緊拳頭。

「別這樣瞪著我，人家真的好怕怕喔！」劉家光並沒有因為孔天強猙獰的神情而停止挑釁，「你就這麼想要修行啊？」

「對！」

「但是啊，如果我告訴你，現在的你怎樣修行都沒有用，你會相信嗎？」

「你又想要我嗎？」

「才不是，我是說實話。」

「為什麼！」

「因為你只想到你自己。」

劉家光說這句話的同時，一臉正經，但這並沒有讓早就怒氣值爆表的孔天強冷靜下來。

「我沒有！」

「這是事實，信不信由你。」

「才不是！」

「如果沒有認清事實、也不願意承認事實，那就這樣吧。總之，現在的你不管怎麼修行都沒有用，只是白費力氣，既然這樣那還不如好好休息吧。」劉家光說著，揮揮手，很明顯是要孔天強離開的意思，「然後別浪費我時間了，你快點回營地去吧。還有，別把我們在挖溫泉的事情說出去。」

「不試看看，你憑什麼這樣說！」

「這麼有膽識喔？」劉家光的臉上出現不屑的笑容，然後對著前方的廣場喊：「呼叫林——家——昂——！」

「呃，什麼？」已經挖得十分深的林家昂被這麼一喊立刻停下動作，並且抬頭對著洞口回應：「怎麼了嗎？挖錯地方了？」

「上來一下。」劉家光說著，一邊看了眼手中的儀器，距離「中心點」只差一點，所以「休息個幾分鐘」不會影響到整體的進度。

「呃，好喔……」雖然完全不了解狀況，但林家昂還是放下手中的十字鎬，用著輕盈的步伐踏上坑洞牆面突出的岩壁迅速回到地面上，「怎麼了嗎？」

「你和大名鼎鼎的『黑色火焰的影魅』打個一場吧。」劉家光笑著說。

這惡意十足的提議讓孔天強的雙眼瞬間睜大，他看向眼前這怪物中的怪物，他完全無法想像看起來根本就是路人甲的林家昂會有如此龐大的妖力。這妖力的程度，孔天強直覺認為和麒麟差不多，甚至還可能超越麒麟。

「等、等一下，為什麼突然就要打架啊！而且還是要我去打？」林家昂一臉哭笑不得地看向劉家光，「這也太奇怪了吧！要打的話，家光哥自己上不就好了？」

「你這個被虐狂不是最喜歡挨揍？所以才叫你來啊。」

「喔喔，原來如此。」

「而且再怎樣我也是前輩，你這個後輩先上不是很正常？」

「這才是真正的原因吧！」

「不過你要小心喔，你的對手非常弱，你不要一不小心就殺了他，這樣處理起來很麻煩。」

「所以我是來這裡專門挨揍的意思嗎？」

劉家光的補充讓林家昂有了這樣的結論，此刻的他嘴角掛起詭異的笑容，很明顯就是期待挨揍的臉，這讓孔天強完全不明白為什麼他可以這麼期待挨打。

「你覺得事情有這麼簡單嗎？當然不准啊！你想要挨揍其實也可以，但是要帶點技術成分，你的工作就是讓他知道這個世界的殘酷，最好可以把他打醒。」

「怎麼感覺有點麻煩啊？要打他但不能把人打死，想挨揍卻又要有技術性……一定要我嗎？我還是覺得家光哥——」

林家昂的話才說到一半，孔天強的拳頭就扎實地打在他的臉上。

「……怎麼突然就打過來了啊？」但林家昂卻只是臉歪了一下，這扎實的一拳讓他半步都沒有移動。

孔天強瞬間瞪大了眼，這是他生平第一次見到正面接下他一拳還可以平安無事的妖怪，更可怕的是對方還能若無其事地說話：「而且這一拳感覺起來有點微妙……」

「別以為對付那些小妖怪的招式會對家昂有用，他和你之前碰過的妖怪完全不一樣，你太天真了！」看到孔天強的突襲結果居然這麼淒慘，劉家光差點笑了出來，但他並沒有因為眼前滑稽的畫面而忘記繼續刺激孔天強：「還有，告訴你一件好消息，如果你能打贏家昂，那你就一定可以打贏麒麟。」

這句話確實起到激勵的作用，孔天強的鬥志更加旺盛，旺盛到已經看不清楚事實的程度，也沒有仔細去思考劉家光敢這樣誇下海口的原因。

孔天強的雙拳瞬間燃起黑色火焰，並且讓淨妖之炎就這樣燒上林家昂的臉。光憑這一拳，孔天強知道自己必須要有殺死對方的想法才能夠把對方打倒，因此他現在所做的，就是努力殺死林家昂。

但是淨妖之炎並沒有讓林家昂發出淒厲的慘叫，他反而露出看起來十分噁心的笑容，以及發出詭異的怪笑聲。

「你果然沒有去好好思考為什麼你眼前的半吸血鬼可以被懸賞一百萬美金的原因。」看著孔天強驚訝的表情，劉家光冷哼了幾聲：「第一，他是個被虐狂，所以痛對他來說就只是讓他取樂的感覺。第二，他因為某些原因，所以比一般吸血鬼更特別，就算心臟被刺穿、腦袋被砍下來也都可以正常行動和復活，號稱『不死的吸血鬼』，如果只用平常那種半調子的方式，你殺不死他。」

孔天強豎起眉，他完全沒想到自己認真的攻擊在其他人眼中看起來就只是半吊子而已，他立刻讓黑色火焰轉為最大輸出，並且對著林家昂打出一套「孔家流・虎攀拳」。林家昂瞬間被黑色的火焰包圍起來，看起來就像是超級賽亞人，但是林家昂卻任由火焰吞噬他的身體，還不斷發出嘿嘿的怪笑聲。

「家昂，你這種挨打方式哪裡有技術性了啊？快點還擊啊！」

「不可能還擊的……」孔天強喘著氣，看著眼前站著不動、顧著怪笑的林家昂緩緩說道。剛剛那套攀虎拳，雖然林家昂沒有發出哀號，但是孔天強很清楚自己已經打斷林家昂上半身好幾根骨頭，就算有強大的復原能力也大概要半天才能回復，他相信就算是「不死的吸血鬼」在這樣的狀況下，也不可能有還手的辦法。

「真是天真。」一旁的劉家光聽到孔天強這麼說，忍不住冷笑道：「你這種天真的想法只會害死你自己，個人認為你別當妖怪獵人比較好，要不然總有一天一定會死得不明不白。」

「不……」就在孔天強企圖證明劉家光錯誤的時候，他赫然發現自己無法動作，但是他並沒有察覺自己是中了什麼術。很快地，透過身體的顫抖，他知道自己動彈不得的原因——

出自於本能的恐懼。

眼前那團黑色的火球突然發出妖異的紅光，同時林家昂的妖力迅速膨脹，速度就和用打氣筒灌氣球一樣，面對這強大的妖力，孔天強瞬間有種自己面對的是看不到頂端的牆壁的感覺，這感覺就和五年前面對麒麟的時候一樣。

孔天強忍不住咬緊牙根。

包圍林家昂的火焰在下一秒像是被什麼東西驅散一樣，一瞬間，黑色火焰向四面八方散開，接著連一丁點火星都不剩。至於林家昂本人則是毫髮無傷的樣子，然後若無其事在做暖身操，他的模樣別說是骨頭斷掉，甚至連一丁點擦傷都沒有。

孔天強馬上理解那妖異的紅光出自何處，是林家昂那對如同鮮血一樣紅的雙眼。

在做完暖身操後，林家昂露出吸血鬼特有的獠牙，一瞬間就站到孔天強面前，然後朝他揮拳。拳頭並沒有碰上孔天強，而是在他面前十公分就停下，但那強勁的拳風卻把孔天強吹飛，直到撞上後面那些已倒在地上的樹幹，孔天強才停了下來。

這時，林家昂的動作和神情看起來就像是在害怕什麼一樣，孔天強馬上明白此刻林家昂只怕一件事情，就是錯手殺了自己——這完全是強者才會有的擔憂。

沒有使用任何妖術，剛剛那一拳和瞬間移動的動作甚至連體術都不算，僅僅是簡單的揮拳，效果就遠遠超過孔天強打在林家昂身上的那套拳法。孔天強很清楚，如果剛剛那一拳真的打在自己身上，自己的腦袋一定會像被鐵鎚敲到的西瓜一樣爆開。

一想到這一幕，孔天強開始顫抖，就算他再怎樣想阻止自己，這份顫抖卻依然停不下來。面對眼前的高牆，孔天強知道自己無能為力，就像那一天一樣，面對麒麟時，只能透過別人犧牲自己才能讓他活命。

孔天強一直不明白，為什麼力量的差距可以這麼巨大？他已經拚盡全力想要殲滅對手，但是對對方來說，他的攻擊連抓癢都算不上……孔天強懷疑起自己過去五年來為了殺死麒麟而做的努力究竟算什麼？

孔天強這才想到劉家光之前說的那些話，面對林家昂後再重新思考一遍，他赫然發現劉家光的每一句、每一字都是殘酷的現實。他將拳頭握得更緊。這並不是出自於對妖怪的憎恨，而是對自己的自責。

此時孔天強也注意到了，這麼多年來他恨的其實不是妖怪，而是恨著無能為力的自己，雖然他認為自己是因為憎恨妖怪而殺妖，但是實際上他是想證明自己已經不再無能為力、自己不再需要人保護，盡全力想要彌補那時候的悔恨。

劉家光說得沒有錯，至今他都是為了自己而行動，雖然是藉著要幫孔天妙報仇的名義，但是實際上就是想抹殺那個沒有用的自己。

從頭到尾，他都是為了自己。

「家光哥，情況好像有點不太對……」林家昂發現孔天強的身上出現變異，立刻看向劉家光、一臉擔心地問：「是我不小心太大力嗎?為、為什麼他身上會有妖氣？」

「放心啦，這才是正常現象。看他的樣子他似乎明白了，面對跨不過去的阻礙才會懂的事情。」劉家光咧開嘴笑著，然後一派輕鬆地對林家昂說：「等等要拖住他喔，不能太快把他打倒，至少要撐到我們可愛的封印師到這裡為止。還有，別不小心把他殺了。」

「這很難拿捏耶！」

「就算進入覺醒狀態也無所謂，重點是壓制住他，然後不要讓他耗掉太多力量。」

孔天強完全不知道該怎麼辦才好，突然被點破的現實讓他這幾年來的信念瞬間動搖、甚至瀕臨崩潰，一察覺到自己的悔恨，心中的那份殺意就止不住地宣洩而出，他很清楚現在的自己除了這份恨意之外就一無所有。

他也理解到為什麼自己的火焰會是黑色的，因為這代表一無所有的空洞。

「你現在這樣子真的很難看耶，『黑色火焰的影魅』。」劉家光並沒有因為孔天強出現妖化的前兆而停止刺激，他的臉上依然掛著嘲諷意味十足的笑容，「這麼弱還想找麒麟報仇？是想送死吧？我很好奇你什麼時候才能看清楚現實，都幾歲的人了還這麼中二，一副全世界都對不起你的模樣，覺得自己是世界的中心……少在那裡裝可憐了！」

孔天強的呼吸變得更加沉重，他想證明事實並非劉家光所說的那樣，但是卻又證明不了，這讓他感到著急，卻又無能為力，畢竟他知道劉家光所說的就是他一直不願意面對的現實。

此刻，孔天強的腦袋痛得像是要裂開。

「真的，收手了吧，在那次妖災賠上的性命還不夠多嗎？你大概也知道了吧，我的弟弟，就是你那無緣的姐夫也在那場戰爭中死掉了，而且還是為了保護你喔——為了保護你這種廢物！真是的，為什麼我要幫忙訓練害死我弟弟的廢物啊？」

「我不是故意的。」孔天強的聲音變得無比沙啞，他看向劉家光的眼睛布滿血絲而且充滿恐懼。

「不是故意的，但是還是做了。而且你當年也是這樣高估自己，然後隨便地衝到前線吧？結果不僅沒有發揮作用，還成為別人的累贅，基本上你這樣的行為已經可以算是謀殺了。」

「不，我沒有……」因為劉家光的指責，孔天強不斷冒出冷汗。

「你就是有。好了，你這次又準備去送死，那你打算犧牲誰來保住你自己的性命？」

「我……我沒有……」孔天強的反駁聽起來無比軟弱。

「我知道了，是那隻狐狸精吧？原來如此啊，難怪最痛恨妖怪的『黑色火焰的影魅』才會開始飼養妖怪，原來就是為了這一招。老實說我還滿能接受這一手的喔，不僅可以殺掉妖怪還能保護自己，有點高招呢。」

「才不是……我沒有……」孔天強的腦袋隨著劉家光的話語漸漸一片混亂，雖然想要條理分明地反駁，腦袋卻一片空白。

「還是又要阿妙來犧牲自己保護你啊？真過分，都已經保護你一次而變成這樣了，結果還要再叫她幫你擋一次，你真的是人渣耶。」

「不是，姐、姐姐……」

「真是的，沒有必要擺出這麼可憐的表情吧？鼎鼎大名的『黑色火焰的影魅』，你現在這表情被人看到，感覺會讓很多人笑死喔！不過你也就只是這樣而已，空有名氣的弱者。」

「所以、所以我才需要變強啊！」孔天強對著劉家光吼：「但是、但是……」

「打倒那個吸血鬼就是變強的最快方法，就跟前面說的一樣，只要打倒林家昂就可以打倒麒麟，但是你做不到。所以我覺得修行到這裡結束就好，不然我覺得你到時候跑去自殺的話，我一定會被阿妙宰掉。不過啊，除了這樣恨別人、殺殺小妖怪，你不覺得很浪費生命嗎？就只是個掛有妖怪獵人之名的廢物，如果是我，早就放棄當妖怪獵人了。」

「夠了！閉嘴！」劉家光的嘮叨讓孔天強的腦袋越來越痛，因為每一句話都確切地踩到孔天強的痛處。

「閉嘴，有可能嗎？我只是遵循你想要的給予你訓練而已。拜託，這連修行都還不算耶？只是要讓你認清現實的幾句話而已就受不了，還想要正式的修行？做夢吧。」

「閉嘴……閉嘴！」

「嘖嘖，很明顯就是不服氣的樣子，真的不服氣就來打倒林家昂！弱者。」

孔天強緩緩地站起身，因為頭部疼痛，所以他有點站不穩，那搖晃的身姿像是剛出生的羔羊一樣，感覺隨時都會倒下，但是即使有人想上前扶他一把，也會因為此刻他身上的氣息而退避三舍。

孔天強心中的那個結讓他的法力轉變為妖氣，再加上那個結又因為劉家光的刺激而越勒越緊，造成他心中的悔恨滿溢，進一步導致他越來越多的法力轉變為妖氣，並且已經到了「可視化」的程度，也就是圍繞在他身邊那看起來十分不祥的氣息。

現在只要稍微刺激、讓他徹底崩潰……

「家昂，交給你啦。」劉家光對林家昂說道。

劉家光的話音方落，林家昂立刻衝到孔天強身邊，收了許多力道的一拳打在孔天強的臉上，孔天強再次被擊飛，整個人撞入森林內。

「你看吧，想要變強就只是說說而已，就只是個專門說大話、一點都不成熟的小鬼……你就好好地抱著這樣的想法一直活下去吧！放心吧，誰也不會知道『黑色火焰的影魅』其實是個弱者，也不會有人知道他輸得這麼難看。」

「吼啊——」孔天強隨即站起來、一個箭步衝出森林，此時黑色的妖氣已經覆蓋他全身，三條黑色氣息的尾巴也出現，此刻他的模樣就和當時消滅蟻后的樣貌相同。

現在孔天強心裡所想的只有一件事情——

證明自己不是弱者！

孔天強用林家昂完全來不及反應的速度，一拳揍在林家昂的臉上，這拳頭的力道大得孔天強手臂的血管破裂，他的身體一樣完全承受不了這樣過分出力所造成的傷害，但這樣將近自殺式的攻擊也僅是讓林家昂踉蹌著向後退了幾步，並且發出愉悅的笑聲，說穿了就是一點效果都沒有。

不過，光是退了幾步這一點就讓林家昂開始對孔天強有所警戒，他感覺得到孔天強和方才已經完全不同。

「妖怪空間。」

林家昂開始認真起來，瞬間紅色且有些透明的方塊包圍孔天強和林家昂。在這空間內，林家昂的速度和力量大幅提升並且能夠迷惑孔天強的五感，這是吸血鬼才會使用的獵場技能。

而且不僅是這一招，同時林家昂的腳下還出現一個巨大的黑色魔法陣，魔法陣的範圍涵蓋整塊空地，這是吸血鬼一族最強魔法「吸血鬼之國」的魔法陣，不過林家昂還沒有要發動，只是先準備著以防萬一。

「吼——」孔天強本能的感覺到有危險，立刻發出野獸一般的怒吼，瞬間將妖怪空間瓦解掉。

「喔，原來不是只有外形相似，就連能力也相似嗎？」劉家光咧開了嘴，早已拿出手機記錄下一切的他一邊說明：「剛剛的咆哮聲很明顯是當年麒麟毀掉結界的吼聲，現在也毀掉了林家昂的妖怪空間。另外，現在孔天強的模樣正是對抗蟻后時出現的樣貌，目前暫名為『偽獸．麒麟』的狀態。」

這模式，上次劉家光也見識過，可是當時沒有像這樣妥善的環境以及結界，所以沒有刺激孔天強把這模式顯現出來。不過現在劉家光很慶幸上次沒有完全地刺激孔天強，要不然自己不僅不會是他的對手，還有可能讓他毀掉周圍、殺了許多人。

「呼、呼、呼……」

突然喘氣聲傳來，劉家光轉頭一看，發現是倉月紅音。

「倉月，來得正好。」劉家光完全不給倉月喘息的時間，立刻對她說：「在他用霹靂光束炮毀掉整座山之前，趕快把他的妖氣封印起來。」

「這是怎麼回事？」倉月完全聽不懂劉家光說的話，也不明白孔天強為何會變成這模樣，不過她還是迅速抽出符咒，準備做封印的準備。

妖化後的孔天強對周邊法力的波動變得十分敏感，所以僅是剛開始做前置工作，倉月的咒術還是引起孔天強的注意。

本能覺得危險的孔天強雖然不知道倉月要做什麼，卻依舊朝倉月衝去，不過才移動不到兩公尺，他像是被人捆住手腳一樣，一瞬間動彈不得；與此同時，天色變暗，一聲宏亮的銅鐘聲迴盪在山野間，來自林家昂的壓迫感迅速膨脹，妖化後的孔天強開始顫抖了起來。

是「吸血鬼之國」。

雖然孔天強的吼聲毀掉了妖怪空間，但卻沒有毀掉「吸血鬼之國」的魔法陣，畢竟兩者的規模和強度天差地遠，而且孔天強現在只是個不成熟的贗品，要毀掉如此強大的魔法陣根本不可能。何況他正處於半失去理智的狀態，所以才沒有注意到腳下的威脅一直尚未解除。

「在王的國度，我沒有准許你進行任何動作。」林家昂緩緩地說道。

他整個人的氣場變得和先前完全不同，冷酷又高傲，同時他的外表漸漸發生變化，那頭黑髮變得一片雪白並且長長到靠近腰際，嘴中獠牙變得更加尖長。這是林家昂進入能夠完全使用吸血鬼力量的「覺醒狀態」。

「吼——」孔天強拚命地想要挪動手腳，但是強大的妖氣壓迫得他無法動彈，雖然在硬扯之下有稍稍地移動，但光那幾公分的距離，孔天強的肌肉和骨骼就承受不了這番硬扯硬拉導致受到傷害，連帶他的皮膚和血管也有幾處破損，鮮血就這麼流了出來。

「封！」此刻倉月已經完成五芒星的繪製、吟唱完咒語，半空中的五芒星立刻朝孔天強飛去。

被固定住的孔天強完全迴避不了，只能看著五芒星轉變成一個白色半透明立方體包住自己，雖然他試著咆哮破解，但是立方體完全不為所動，因為這是專門對付妖怪的招式，沒有一定程度的力量就無法解開。

立方體越縮越小，接著開始壓縮孔天強的妖氣，最後妖氣被迫和孔天強本人分離，白色的立方體回歸成原本的五芒星、浮在孔天強面前。因為妖氣被抽離，孔天強瞬間虛脫，更慘的是此刻他還有意識，這讓他清楚地感覺到方才受的傷所造成的痛楚。

疼痛讓他表情扭曲，但他卻無能為力。

「打完收工。」劉家光說道。

於是，林家昂解除「吸血鬼之國」以及覺醒狀態，然後一臉疲倦地一屁股坐在地上。對他而言，用上這一招卻不把人殺掉比直接殺人還要費神數十倍。

劉家光站到孔天強面前，睨著他、露出嘲諷意味的笑容，對他丟了一張低階治癒的符咒讓他止血後，在倉月前來回收五芒星之前，一掌將五芒星拍在孔天強的丹田之上，讓孔天強的丹田處出現一個藍色五芒星的符號。

「你把妖氣封印在他的體內？」倉月瞪大了眼，質問劉家光：「這樣子他很有可能又變成剛剛那樣！」

「我知道啊。」劉家光對著倉月燦笑，「但是，這也是他能夠突破現在的唯一方法，就算會失控也是。」

劉家光的話讓孔天強知道自己一直弄錯了方向，並非有課程的修行才是修行。

在他沒有注意到的時候，修行就已經開始了。

FOX SPIRIT

>>> Chapter.3_ 狐狸精也想要吃醋

因為還擁有意識的關係，所以劉家光和倉月的對話孔天強聽得十分清楚。他現在雖然想要站起來活動手腳，但是身體卻不聽使喚；除此之外，因為衝擊的關係，他的腦袋有點暈，不過整體來說意識非常清楚，也因此可以好好地思考。

所以，他很明白自己輸得很徹底，一塌糊塗、十分狼狽的那種。

孔天強知道劉家光說得並沒有錯，如果現在自己面對的是麒麟，那麼剛剛那幾下自己十之八九已經變成不會動的肉塊。方才在「吸血鬼之國」有效範圍內的自己完全動彈不得，就連他最恨但卻是最強大的力量也沒有辦法解決，如果林家昂是玩真的，他知道自己沒有機會在這裡品味這份苦澀的不甘。

——太天真了！

孔天強此刻真心覺得二十三歲的自己太天真，就像是小學生或國中生一樣，中二地喊著「想要拯救世界」卻什麼也救不了……

他現在除了被打倒在地上，沒有其他事情可以做了。孔天強懷疑起自己過去五年的努力和實績，他又再次確信劉家光是正確的，特別是那句說他只能殺殺小妖怪的話，真的是貼切到他完全無法反駁。

孔天強從不認為對手太強會是自己打輸的理由，因為他知道自己要面對的對手就一直這麼強，如果總是用這個藉口去逃避，那又該如何報仇？

然而即使面對了，他還是像這樣躺在地上什麼都做不了。

「家光哥，要不要拉他一把？」林家昂一臉擔心地看向劉家光問道。此刻林家昂的外表已經回復原本的外表，一副人畜無害的樣子，完全沒有辦法和剛剛的吸血鬼之王聯想在一起。

「沒事啦，他自己可以的。」劉家光的臉上掛起笑容先生的笑容，然後走到孔天強面前蹲下，那彎成半月的眼睛睨著孔天強，雖然他笑著，但是表情看起來卻無比的高傲。

「所謂的變強只有這種程度，連力量都不懂得利用，只是單純地靠蠻力和拳腳功夫打，這根本就是橫衝直撞地到處送死，真搞不懂你怎麼到現在都還活著，你真的很弱啊，孔天強。」

無法否認一切的孔天強面對這樣的諷刺感到無比不甘心，但是他現在依然動彈不得，所以只能咬緊牙根接受諷刺，不過由於他出力的這個動作，讓他原本因為妖化和剛剛硬拉硬扯而受傷的四肢流出更多鮮血，疼得全身顫抖。

「好好地想清楚吧，不要就這樣白白浪費自己好不容易被人救下來的性命，趁現在麒麟還沒有盯上你，早早收手吧，別去做不必要的犧牲。」

「你們明明有能力殺掉他……為什麼不做……」雖然一開口就全身發疼，但是孔天強還是硬擠出話：「這樣子就不會有這麼多人……」

「你知道妖災的成因吧？西妖殲現在想發動的戰爭會造成大規模和大量的妖力碰撞，這會導致自然之中存在的法力產生變動進而造成妖災。你懂了嗎？大量的妖力碰撞，憑著這一點，你覺得一個足以毀滅半個世界的怪物和另一個活了上千年的神獸真的打起來，會發生什麼事情？」

結論很明瞭，就是造成妖災。

這早已知道的理論經過劉家光的再次解釋，瞬間讓孔天強有種豁然開朗的感覺，那些過去他認為袖手旁觀的強者並非不幫忙，而是為了避免死更多人所以不能幫忙。這該死的自然定律讓他雖有不甘，卻只能接受，他忿忿地閉上眼。

如果自己是那個強者，孔天強知道自己會更不甘心。

「不過，話雖如此，並不代表我們沒有機會打倒麒麟。」

劉家光後面補上的這句話讓孔天強瞬間瞪大了雙眼，但是一看到劉家光那如他所料的表情，就讓孔天強後悔睜眼看他了。

「如果不能夠一次消滅，那就慢慢削弱；如果強者不能出手，那就由一群弱者幫忙。我們五年前的計畫就是這樣子，雖然最後因為某些原因失敗了，但是我們確實重傷麒麟，讓他安分了五年。是弱者也沒關係，因為就算是弱者也有厲害的地方，不過前提是弱者必須要活下來，這樣才可以一直不斷地去攻擊麒麟。」

「一直去攻擊」這幾個字讓孔天強知道自己現在會被修理得這麼悽慘的原因，他也很清楚現在的自己絕對沒有辦法擔任這個角色，現在的他就像是一次性的免洗筷一樣。

「不過說實話，在我看來麒麟並不是壞人，只是立場和想做的事情跟我們不一樣罷了。我們害怕他引發的妖災，但是說穿了他根本就不把我們這些脆弱的人類放在眼裡，他只是想消滅整個東方地帶的西方妖怪而已。或許我們看他會覺得他是惡魔，但是搞不好他們看我們也抱持同樣的想法，覺得我們是惡魔。」劉家光看著孔天強那有點微妙變化的表情後，繼續說：「認知到這一點很重要，只想著殺反而會讓原本的力量沒辦法使用。你知道為什麼人類會是當今世界的霸主，而不是妖怪嗎？」

「不清楚。」想都不想就直接回答，因為這個問題孔天強一點都不感興趣。

「因為擁有智慧和理性，兩者合一才能夠讓我們弱小的力量發揮到最大。所以戰鬥的時候冷靜很重要，運用智慧才能夠將力量變得更強大，也才能夠活下去。」劉家光看著孔天強的表情，開始擔心自己講這麼多依舊是浪費口水。

況且，他知道現在還不是讓孔天強知道「所有事情」的正確時機。

「狀況還好嗎？」

突然從天空傳來聲音，劉家光和林家昂抬頭，是黃韻雅，她的背上此刻拍著一對布滿五彩羽毛的大翅膀。

黃韻雅降落到劉家光身邊，看了眼四周的情況，又看向躺在地上、渾身是血的孔天強，忍不住皺眉道：「看起來狀況好像不太好，而且他的狀況也太慘。」

「這是他自己搞出來的，不關我們的事情。」劉家光說著輕笑了幾聲，「而且不要講得我們好像是壞人一樣，鳳凰大人，我們只是稍微給點刺激而已。」

「少在那邊貧嘴。」黃韻雅說著，周身出現紅色的光芒，她蹲了下來，一手搭在孔天強的腦袋上，紅色的光芒迅速擴大範圍，將孔天強整個人罩住。

黃韻雅的光芒照得孔天強全身暖烘烘的，就像沐浴在陽光之下，他知道這就是傳聞中能夠治好大部分外傷的「鳳凰的光輝」。他突然回想起五年前孔天妙剛受傷時，家族的人曾經拜託妖怪會請鳳凰來治療，卻因為孔天妙的傷屬於內傷，而且治療超過一小時的傷會讓「鳳凰的光輝」無法治療其他人的限制，所以最終以無解告終。

「你看你，最近連續被妖怪救了兩次，但是你卻每次都想要殺了所有妖怪。什麼都是互相的，沒有必要把全世界都弄得像是你的仇人。」劉家光一邊看著孔天強的傷口漸漸復原、一邊說道，接著轉頭對林家昂喊：「休息夠久了，繼續開挖吧！」

「兩次是什麼意思？」劉家光的話讓孔天強有點在意。

「他說的是上次你們被家昂送回來的事情吧，如果他沒有及時把你們送回來，我那次也救不了你們。不過我的光芒用在別人身上效果其實也有限，像是雖然能夠讓你們重新活過來，但還是有很多傷只能依靠藥草來治療，所以下次你們要小心一點啊。」

「謝謝……」孔天強在猶豫一下後，還是吐出這兩個字。

「不用客氣。」黃韻雅說著，輕輕地一笑，那笑容充滿優雅和貴氣。

孔天強一瞬間有種自己正在和哪個貴婦說話的錯覺，若不是那過分強大的妖氣，他很難相信眼前的女人是妖怪。

孔天強突然覺得妖怪在這瞬間感覺起來也沒那麼可恨了。

就在這時候，孔天強發現自己的想法似乎有點改變了，原本以為自己很恨妖怪，但是現在回想起來那些他以為很恨的對象，其實一點也不可恨。撇開不知道是人是妖的林家昂不談，孔天強知道自己對牛妖帶有歉意、對眼前的鳳凰帶有謝意，而對那隻跟屁蟲狐狸精則是有份不知如何言語的感情。

「汝等，對咱家那隻大蠢驢做了什麼！」

熟悉的聲音傳來，這聲音此刻帶著明顯的憤怒。璃從森林中衝了出來、奔到孔天強面前、推開黃韻雅，瞪著在場的所有人。

「為什麼會有血？為什麼孔天強倒在地上！」

璃那對火紅的雙眼十足有魄力的掃視在場所有人，耳朵和尾巴因為憤怒而豎直、齜牙咧嘴，一副要撕裂所有人的神情，和平常的感覺截然不同。所有人都知道如果現在不給她一個讓她滿意的交代，這發狂的狐狸精一定會找他們拚命。

憤怒，雖然不清楚原因，但是一看到孔天強這樣倒在地上，她就感到一股憤怒油然而生。

孔天強有些愣住了，他完全不懂璃生氣的原因為何，也從沒想過璃居然為了自己能夠這樣面對所有的「敵人」，即使璃很清楚對方的實力，但她還是毫不畏懼。

「我沒事。」知道自己再不出聲，這隻狐狸精真的會撲上去跟人打架，所以孔天強立刻站起來，看著露出尖牙、一臉猙獰的璃，他再次說：「我沒事。」

「……汝沒事就好。」孔天強的話語讓璃放鬆不少，耳朵和尾巴也變回原本的樣子，等調適好心情後她的臉上再次出現平常那戲謔意味十足的笑容，「不過汝怎麼一身狼狽，跌倒了嗎？」

「不關妳的事。」孔天強冷冷地說道。

其實他也不想這麼說，只是他真的不想讓璃知道剛剛那丟臉的情況，他很清楚璃一定會把這個當笑柄、嘲笑他好一陣子，最慘的還不僅如此，他確定璃一定會跟孔天妙講，害姐姐擔心。

「咱可是關心汝，汝有必要這樣回應咱嗎？」一聽到孔天強這樣講，璃再次翻臉。

被璃這麼一吼，孔天強也感到有些不愉快，但是他很清楚是因為自己不說明白的緣故，所以他沒有繼續回應璃，只是沉著臉轉身往營地的反方向走去。現在的他想要好好地靜一靜，不只是因為不想被璃囉嗦，他還更想好好地思考清楚自己的心情以及劉家光所說的話。

「喂，孔天強！咱可是在關心汝，和咱說清楚會怎樣？是怕咱咬掉汝身上一塊肉嘛！」璃看著孔天強冷淡的反應氣得直跺腳，「咱方才難得生氣也是為了汝，汝現在居然這樣對待咱！」

「少囉嗦。」

孔天強低聲出說這句話，璃瞬間崩潰地尖叫起來，還不斷撿地上的小石頭往孔天強身上砸，但是孔天強完全沒有理會她，也沒有任何反擊的念頭。

「站住。」

就在孔天強經過倉月的身邊時，倉月喊了一聲，孔天強斜眼看向她。正在感覺煩躁的孔天強被這麼一喊，眼神極度不友善且帶著殺氣，但這樣的眼神並沒有讓倉月退卻，甚至勇敢的盯著孔天強的眼睛看，她問：「你到底是什麼東西？你是我認識的『黑色火焰的影魅』嗎？」

「我是個人類。」孔天強並沒有因為她這一喊而停下腳步，依然繼續走著，「我是妖怪獵人沒錯。」

「停下。」看著孔天強沒有要停下來，倉月立刻伸手想揪住他的衣服，卻被孔天強以巧妙的步伐閃避掉。

雖然孔天強的意願很明顯了，但是倉月還是一樣不怕死，她立刻跑到孔天強面前，二話不說掀起孔天強的衣服。

方才被劉家光拍進魔法陣的地方，原先的魔法陣已經由藍轉黑。看著黑色的五芒星，倉月知道已經來不及挽救。透過感應魔法陣的氣息，倉月知道此刻孔天強身上封印的妖氣十分大量，如果沒有好好控制，讓妖氣一不小心衝破魔法陣、再吞噬孔天強的法力的話，那麼孔天強十之八九會變成真正的妖怪。

倉月無法理解劉家光的打算，但是她沒有辦法接受眼前這個「有點特別的人」冒著這樣的風險、帶著這炸彈，因此她不斷思考到底要怎樣解決才好。

「啪！」孔天強拍開她的手，冷冷地睨著她。

「我要幫你解決掉那個封印。」看著有些泛紅的手背，她知道孔天強真的不太開心，雖然那個冰冷冷的視線看得她有點痛，但是她還是試著解釋：「要不然你很危險，可能會變成真正的妖怪。」

孔天強低頭看向自己的丹田，他一眼就知道這是位階相當高的術式，也明確的感應到從中散發出來、那屬於自己的妖氣。

「倉月，別多管閒事啦！」劉家光出聲說道，他的臉上雖然掛著笑容，但是卻笑得讓倉月感到發寒。

「你這樣會讓他變成真正的妖怪！」

孔天強也看向劉家光。

「我剛剛不是說了嗎？同樣的話我不想說第二次。還有，如果真的失控，那就代表他只有這種水準。」劉家光聳了聳肩，「有了工具卻不會好好利用，上天都給了他一把劍，但是他卻依然只懂得用拳頭打架，如果不給點風險讓他學習，那他一輩子都會是弱者。」

孔天強知道他這話不只說給倉月聽，也說給自己聽。

「汝等，咱認為這些現在都不重要！」璃這時候插進話來，一臉氣憤地瞪著倉月紅音還咧著嘴、露出牙，「為何汝可以這樣掀開孔天強的衣服？為何可以這樣碰觸他的肚子？還有孔天強，汝為何就這樣放任那個野女人！咱每次要做都被汝敲腦袋，而且那女人說什麼汝就回什麼，跟對咱完全不一樣！汝現在是不是應該也敲那女人的腦袋？敲下去啊！敲下去啊！敲．下．去！」

孔天強看著璃憤怒而立著的尾巴就知道她是認真的，他也很清楚這完全是剛才怒火的延續，倉月很倒楣的掃到了颱風尾，孔天強則完全不明白璃到底為什麼會這麼生氣。

倉月冷冷地看著璃。孔天強也注意到了，倉月看自己的眼神和看璃的眼神截然不同，就像是看到仇人那樣雙眼充滿仇恨，孔天強猜得到此刻倉月心中的想法，也知道原來平常別人看自己時所看到的模樣。

他瞬間理解孔天妙的叮嚀和明顯擔心的原因。

但他的腦袋更亂了。

他知道自己對妖怪的看法已經改觀，但是卻又有什麼放不下的東西，他很清楚關鍵就在劉家光所說的那些話當中，除此之外璃的吵鬧讓他沒有辦法靜下心來，所以他想要找一個地方好好地思考，讓自己好好地冷靜一下。

太多的事情讓孔天強覺得自己已經不像自己。

至少，不是像倉月現在這個樣子。

孔天強拉開倉月的手，然後用最快的速度往森林的深處跑去。

「汝這是想逃避嗎？給咱回來！」璃見到孔天強跑走便立刻要追上去，但是卻被倉月擋住去路。璃那對火紅的雙眼瞪著倉月，露出尖牙作勢要咬死她的模樣，「汝想做什麼，給咱讓開！」

「妳離他遠一點。」但野獸的威嚇並未嚇到倉月，少女依然毫不畏懼地看著璃火紅且帶著殺意的眼睛，「妳會毀掉讓妖怪恐懼的『黑色火焰的影魅』。」

「咱什麼都沒有做，而且咱才不想毀了那蠢驢，別含血噴人！」

「妳有，就是妳讓他變得墮落，讓他變得不像是我所知道的『黑色火焰的影魅』，他那讓妖怪害怕的氣息消失了，一點肅殺之氣都沒有，這不是獵人該有的表現，更不應該出現在『黑色火焰的影魅』身上。」

「這有什麼不好？」面對倉月的指責，璃一臉不屑地說道：「咱認為現在的孔天強還比較像人，在那之前就只是個沒有感情的東西，連怪物都稱不上、妖怪看了都會不屑的那種。還有，咱沒有對他做什麼，是他自己改變的，或者說，他就只是變回原本的模樣。」

「嘖！」璃的話讓倉月一時不知道怎麼回應，加上看著那狐狸精的臉越看越火大，所以她決定回到營地，不想再和璃做口舌之爭，不過她還是不忘撂下狠話：「如果妳再想毀了他，我一定會殺了妳！」

「汝有辦法就來，弱小脆弱的人類！」璃說完，對倉月的背影做了一個大鬼臉。

「好啦好啦，別生氣了。」黃韻雅這時候才走上來拍拍璃的小腦袋瓜，「那孩子太仰慕『黑色火焰的影魅』了，甚至認為那就是妖怪獵人的模範，並且努力地向他學習，所以真的看到本人便多多少少有點失望吧。」

「那是她的事情，和咱無關，而且隨意將己身的期望加諸在他人身上，是她自己的問題。」璃說著，忿忿地甩了下尾巴，然後瞪著倉月的背影低吼：「不過最讓咱生氣的事情是她居然隨意地碰觸那蠢驢，這讓咱非常不開心！那蠢蛋也是就這樣隨意讓她碰觸，這讓咱更加不開心！」

「對他們那樣的人來說就是人類和妖怪的差異，妳不能怪他們。」

「妖怪又怎麼了嗎？咱流的鮮血也是鮮紅的，和他們無異！咱也一樣有呼吸和脈搏，咱也一樣是生命，所以妖怪又怎樣了？只因為多了條尾巴就該被這樣對待？咱才覺得奇怪，這麼美麗的東西為何那些人類不想要長一條在身上！咱認為，人類應該將所有有漂亮尾巴的生物都當成神明對待才對，例如咱！」

「別這麼生氣啦！老實說，我也不是不能理解他們的想法。」璃可愛的想法讓黃韻雅輕輕地笑了起來，雖然覺得可笑，卻又莫名覺得認同。

「哇。」看著黃韻雅那充滿氣質的笑臉，不知怎地璃的火氣就少了一半。

「在千年以前，我們被人類擅自奉為神，但是為了代表權力，所以他們想盡辦法限制我們的自由，利用我族的善良成為他們的所有物。接著因為爭奪我們，人類彼此間對戰，在戰爭結束後他們反而怪罪起我們來，然後屠殺了我的族人，為了此恨我屠殺了人類至少百年。」黃韻雅緩緩地說：「璃，妳應該也有這樣的經驗吧？那麼妳也能夠理解他們的想法，對吧？」

璃瞬間沉默，就跟她剛到孔天強家裡說的那樣，當年人類為了他們一族漂亮的毛皮或是單純的誤會而屠殺了她的家族，過去她也曾經憎恨著人類，但是隨著時間的流逝，她也不再憎恨人類，因為壽命太長了，長到能夠認清憤怒根本無法改變什麼的地步。

璃知道大多數的人類之所以放不下是因為他們的壽命太短太脆弱，因為經歷不夠所以才會執著，她知道就如同黃韻雅所說的，必須體諒他們才可以。

「妳知道並不是所有的妖怪獵人都能到天強那個等級嗎？單純就妖怪獵人來看，天強的實力其實已經可以算是排在前端的，只是因為他的對手太強，所以才會相對顯得非常弱小。家光也很清楚這件事情，但是刻意不說。」黃韻雅看著璃的表情、確定她懂了之後又繼續說：「也因為天強的強大，所以自然成為紅音那孩子的憧憬，沒有使役鬼的她實在太過弱小，是完全沒有辦法單獨戰鬥的程度，因此才會崇拜甚至愛慕天強，畢竟他又強又帥。」

「那也不關咱的事情，而且這不代表她可以這樣碰那蠢驢！」璃說著又哼了聲，「而且在這世上比那蠢驢強的人類有很多，像那可以變成吸血鬼的什麼昂，不是就比蠢驢強上很多嗎？」

「對紅音來說，家昂歸類在妖怪那一邊，而且我也不認為他能夠被當成人類。」

「不過就算汝等認為他很強，在咱看起來他、那蠢驢還差很多。」璃的嘴巴上雖然這麼說，但是尾巴卻輕輕地甩了起來，因為只要親眼見過孔天強戰鬥的樣子，其實就算是外行也會知道孔天強真的不弱。

至於會有點小結巴的原因，主要是因為璃一想起孔天強奮戰的背影就感到莫名的安心，對於這份安心感又引起一陣讓人害羞的悸動。

「不管是人還是妖怪，總會仰慕或追隨比自己強大的存在，紅音就是這樣。這也是妳的危機喔，璃。」

黃韻雅突如其來的一擊讓璃的尾巴瞬間豎直，她完全沒有想到在旅行一開始的預感居然真的成真，這也瞬間讓她明白為何看倉月特別不順眼，因為就雌性動物的直覺，她從倉月身上感覺到危險。

「就跟我前面說的一樣，紅音可是愛慕著天強，愛慕到願意和他結婚的程度，可不是單純的崇拜而已。」

「這、這……這不可能吧！」黃韻雅的直白讓璃心中的警鐘被徹底敲響，她完全沒有想到居然會有人這樣出來和她爭孔天強身邊那個最令她安心的位置，「咱絕對不允許！」

「為什麼不可能呢？還有，為什麼不允許？」

「這、這個，那大蠢驢又蠢又弱，就只是臉蛋好看一點，其他根本一無是處！所以不可能會有其他雌性喜歡上他！」璃的嘴巴雖然這麼說，但尾巴的慌張已經徹底出賣她，「而且咱已經在那蠢驢的身邊留下咱的氣味了，咱們狐狸不喜歡地盤被侵占的感覺，所以、所以咱不允許！」

看著眼前說著蹩腳謊話的狐狸精，黃韻雅忍不住輕輕地笑了起來，同時暗自佩服孔天強居然能夠將狡猾和欺騙的專家馴服到這麼老實，不過黃韻雅也馬上察覺到，關於這件事情兩人都沒有自覺。

「這個嘛，只要當事人沒有做出決定，誰說的都不算吧？」黃韻雅雖然看穿了璃的心思卻沒有戳破，反而藉著這一點打算給她來點刺激，「有相同背景和相同想法的人類會互相吸引，妳知道嗎？人類就是這樣的生物。雖然妳現在認為天強身邊有妳在就好，但別忘了，說到底我們都是生物，那肯定會有繁衍後代的需要，搞不好這幾天相處下來他們兩個看對眼了，那就會……」

「咱不要！」璃立刻摀住耳朵大叫著打斷黃韻雅的話，她皺起眉頭、尾巴垂了下來，用一副快哭的表情對著黃韻雅說：「咱、咱才不要那樣，咱不喜歡那樣，孔天強身邊的位置是咱的，也必須是咱的！」

「怎麼了嗎？為什麼突然這麼激動呢？」面對璃的反應，黃韻雅刻意擺出驚訝的神情，「這不是作為一個生物自然就會發生的事情嗎？」

「不管怎樣咱就是不要……咱一想到那畫面就覺得不舒服！咱才……」話才說到一半，璃突然發現黃韻雅和一旁的劉家光正在竊笑，接著重新意識到自己說了什麼後，那張漂亮的臉蛋瞬間一片通紅，「汝、汝等！居然敢這樣耍咱！害咱、害咱說出一些難為情的話！」

「沒人要妳說吧？是妳就這樣自己一直講。」劉家光咧嘴一笑，「不過那也是妳最真實的想法，對吧？」

「是、是又怎樣！」

「妳很喜歡天強，對吧？」黃韻雅也順著劉家光的話繼續講：「所以妳才會說出這些話。」

「咱也不知道……」黃韻雅的問題讓璃的臉上出現了困惑，在冷靜下來後，璃也不太清楚自己對孔天強到底是怎樣的看法，「咱其實完全不明白汝等說的『愛』或是『喜歡』是怎樣的概念，野獸的世界內並沒有這樣的名詞，咱就只是對汝等方才的言論感到煩躁。」

璃的話，黃韻雅和劉家光皆知道這是她的肺腑之言，同時明白這狐狸精木頭的程度完全不輸給黑漆漆的妖怪獵人。兩人對視一眼後，不約而同嘆了口氣。

「汝等，這是什麼反應？」

「年輕真好。」兩人同時說道。

「鳳凰這樣說咱就算了，汝這人類，歲數連咱的一半都沒有，憑什麼這樣說咱？」

「我是在指精神年齡。」劉家光攤了手、聳了肩，「精神年齡就可以講了吧？」

「咱見識過的比汝從出生到現在吃過的米飯還要多，汝在咱眼中和初生之嬰兒根本無異！」璃不開心地反駁：「所以比精神年齡的話，咱可不應該這樣被汝這樣講！」

「隨便妳說啦，反正妳現在的想法就和十七、八歲的少女差不多。」

「咱不明白汝的意思。」

「那就別懂囉。」

「汝……！」

「如果真的想弄懂何謂為愛的話……」看著璃，黃韻雅思考了一下，然後找到了最容易讓野獸理解的方法，接著對眼前這戀愛經驗為零的狐狸精一笑，「西方的心理學家佛洛伊德認為『性欲是愛欲實際上的行為』。」

「那什麼洋鬼說的洋鬼話是什麼意思？」璃一臉不明白地蹙起眉頭，「和咱問的有何關係？」

「簡單來說，妳想不想跟天強一起生一窩小狐狸？」黃韻雅說出這句話後，開始期待起璃的反應。

璃的反應果然沒有讓黃韻雅失望，她的臉色先是一白，接著像是醉酒那樣迅速一片通紅、紅到耳根，表情也是一絕。那張漂亮的臉先是愣了幾秒，接著開始各種擠眉弄眼、眼神飄忽不定，像是想否定但是卻又說不出口，想承認卻又不知如何開口。

「汝、汝、汝在說什麼啊！」弄到最後，璃叫了出來。

「就是字面上的意思啊。」黃韻雅知道璃有聽懂，但還是很惡意地再次重複：「妳想不想跟天強一起生一窩——」

「夠了！」璃用尖叫打斷黃韻雅的話。很難得的，此刻的璃腦袋一片混亂，平常就算裸體四處走動也毫不害羞的她，此刻居然感到無比害臊，她抱起自己的尾巴、皺起眉說：「這、這種事情咱也不知道……」

「是真的不知道嗎？」

「大、大概……」

「妳說說妳對天強的看法吧。」

「哪、哪有什麼看法，不就一介大蠢驢？」

「如果妳再這樣子不老實，那他跟紅音在一起就只是遲早的事情喔。」

「汝等一開始別把這小妮子介紹給他不就得了！」一講到這個，璃就瞬間回復正常並且還懂得生氣，「汝等給咱找的麻煩還一副事不關己！」

「這沒辦法，是上面的命令喔。」

「嘖！」

「不過，說實話，我個人其實認為人類跟人類在一起比較好喔。」

「咱就不喜歡那樣！」

「為什麼不喜歡，妳說說啊？」黃韻雅再次將話題帶回來。

「咱就說咱不知道了，就只是覺得煩悶！若是孔天強真的和那女人在一起，一想到那卿卿我我的畫面咱就覺得難過，所以咱不喜歡！咱覺得不安！咱覺得討厭！」

「但是妳卻沒有任何表示，這樣就回到前面講的了，什麼都不做就只會眼睜睜地看著天強和紅音在一起。」黃韻雅拍拍璃的肩膀，「如果真的不想看到這種情形的話，就要用盡一切手段讓他的眼中只有妳才可以，而不是什麼都不做吧？」

「咱、咱……」璃完全不知道該如何回應，但唯一肯定的是黃韻雅的話已經確實深植在她的心中。

想了老半天完全不知道能說什麼，到最後璃居然抱著尾巴轉身就逃跑，又因為尾巴擋住視線的關係，璃居然不小心跌了個狗吃屎，然後狼狽地爬起來，迅速逃離現場。

平時謹慎細心又擅長心機詭計的狐狸精，此刻卻陷入前所未有的混亂，璃總覺得自己已經不是自己，她完全不知道究竟是怎麼回事。或許是對的又或許是錯的，璃不敢確定黃韻雅的理論是否正確，雖然很符合野獸的道理，但是她完全不明白這一套對人類是否也適用，這情況對從未有過戀愛經驗的璃來說根本就是個恐怖箱，讓她完全不敢探索。

或許是因為害怕現在的生活，或許是因為面對未知的情感的恐懼，又或是兩者都有。

但是，黃韻雅的話已經在璃的心中漾起漣漪。

「這就是青春啊。」黃韻雅莞爾看著跌跌撞撞、狼狽逃跑的璃，輕聲地說：「看著他們的樣子，真的有種年輕幾百歲的感覺。」

「長生不死、定期涅槃重生的鳳凰大人也會有這樣的想法？」劉家光走到黃韻雅的身邊，回應黃韻雅剛剛說的那些。

「活得太久，對於感情真的會麻痺。」

「如果願意回味的話，我想告訴大人，之前青樓大人要我轉達您的事情，『我還在便利商店等妳』，他是這樣說的。」

「……再說吧。」

劉家光看著黃韻雅，笑而不接話。

活得太久也容易變得不坦率、拉不下臉。

閒聊多時，另一邊終於有了動靜。

「家光哥，快要挖到了喔！」在感覺到腳底下傳來不自然的震動後，林家昂立刻對劉家光喊：「現在要怎麼處理？」

「再挖，只是下手輕一點，不要不小心破壞封印了！」劉家光迅速跑到洞口對著下面喊。

修行之所以會選在這深山野嶺，是為了這一趟行程的第二個目的——討伐妖怪。

正常來說這一帶根本不會有溫泉，但是因為一百多年前有人將火焰的妖怪封印在此地，百年下來，妖怪的力量影響了水脈，所以造就了這一地帶的溫泉，因此才會用探測溫泉的儀器來尋找妖怪正確的位置。

雖然這妖怪被封印在這深山野嶺之中，而且又被埋在地下近百公尺處，正常情況下根本不會有人解開牠的封印，但是因為現在是非常時期，所以劉家光等人奉命必須將其取出帶回。這也是讓鳳凰親自前來的原因。封印在此處的妖怪根據傳說描寫，是個光是鳴叫就會引起大火的妖怪，所以才會讓火焰的化身前來協助。

現在是戰爭前夕，這些封印在各地的古老妖怪變得十分重要，萬一被西妖殲搶先取得，那勢必會擴大衝突的範圍，也因此妖怪會才會搶先一步動作，率先找出古書上記載的各地古老妖怪。

這次屬於大規模的聯合行動，南部由妖怪獵人三大家之一的羅家負責，中部則是同為妖怪獵人三大家的端木家執行，而北部及東部則因為機構人手不足加上孔家拒絕協助，所以由這些妖怪會的幹員來著手進行。

現在林家昂挖到的就是當年肆虐這一代的妖怪，名為「麠」的火焰妖獸。

「動手！」

隨著劉家光的指令，林家昂揮下手中的十字鎬，但因為失力不當加上十字鎬本身的功能，這一下挖得太深，大量的溫泉瞬間噴出並且破壞了麠妖的封印，大量的妖氣隨著熱水噴出，但就在林家昂進入戰鬥狀態之際，那妖氣卻又瞬間消失得無影無蹤，只剩下單純的溫泉。

「居然順著水脈溜走，是因為感應到家昂的妖氣？」劉家光立刻轉身要去追，但是卻被黃韻雅拉住，「怎麼了嗎，鳳凰大人？」

「現在這裡有我和菲設下的結界，如果牠只能順著水脈走的話，原則上牠跑不出去。」黃韻雅笑著說：「我想牠也只能順著水脈跑，不可能被封印了百年還突然多了一個遁地的本事，所以不用急。」

「所以慢慢追蹤就好了？」

「連追都不用，牠自己會出來的，你忘記這隻妖怪是誰封印的嗎？」

「原來如此。」劉家光想了一下後馬上明白黃韻雅的意思，他轉身對下面喊：「你們可以回來了，等等整理一下就可以當溫泉池泡……那邊那個吸血鬼，拜託不要一邊故意被熱水燙還一邊露出噁心的笑容好嘛！」

FOX SPIRIT

>>> Chapter.4_ 前人砍樹，後人遭殃

孔天強還沒有回來。

孔天強在那之後都沒有回到營地，這讓璃煩躁得不斷繞著營火走著，豎直的耳朵不斷聽著營地周遭的動靜，但是除了葉鳥歸巢的啼叫、樹葉的沙沙聲、小溪的潺潺流水聲和劉家光等人的喧鬧聲外，她就沒有其他的發現，那熟悉的腳步聲始終聽不見。

「小璃，要不要吃烤棉花糖？」黃韻雅手裡拿著一串烤棉花糖遞到璃的面前。

雖然烤棉花糖的甜味和焦香成功吸引璃的視線，但也才幾秒而已，因為比起空蕩蕩的肚子，她更加擔心孔天強。

「汝等，難道不會想去找孔天強？」璃看向其他人，特別是劉家光，那對映著火光的紅色雙瞳瞬間看起來變得非常有侵略性，「汝等，難道都不擔心那蠢驢的安危？」

說著這些話的同時，璃也看向對孔天強抱持著特殊情愫的倉月紅音，她相信倉月可以懂她的想法。果不其然，倉月的臉上有著不安，特別是在璃講完這些話後，她的不安更加明顯，但是她卻沒有行動，就只是坐在火堆旁邊靜靜地看著搖曳的營火。雖然對於倉月沒有任何行動這一點感到訝異，不過璃還是有了一種莫名的優越感。

不知道為什麼要比較，不過璃還是想要稍微比一下，或許是因為黃韻雅下午講的那些話，又或許是單純的同伴意識，光是覺得自己贏了這一點，璃就感覺安心許多。

「他都幾歲了，等一下肚子餓了就會自己回來了啦。」劉家光一邊咬著棉花糖、一邊說，那一臉不在意的神情讓璃看了越來越討厭劉家光。他又說道：「妳別一直在那邊繞圈圈，把自己當成狐狸星球是不是？繞著太陽轉呀轉。」

「還是我去看看？」菲站起來伸了個懶腰，「剛好順便可以看看夜景。」

「不用去。」劉家光笑著說，「而且妳忘記我們『不小心』放跑一隻老妖怪嗎？妳現在要做的就是把結界維持好，避免那隻妖怪跑走。」

「呃，好吧。」菲雖然沒有很懂他到底想說什麼，但是很明顯另有意思，因此她重新坐回圓木上，小口小口地吃起烤溪魚。

「要不然我去找？」還沒有察覺到劉家光另有用意的林家昂提議：「我找的話應該很快……」

「今天挖溫泉應該很累了吧？」劉家光打斷他的話且一邊對他使眼色，「所以你還是好好待在這裡休息吧。」

「我覺得還好啊，講真的，今天這樣子其實……」

「給・我・好・好・休・息！」

劉家光加重語氣，那張皮笑肉不笑的臉讓林家昂皺起眉頭，完全不知道劉家光在想什麼，但還是閉上了嘴。

這些小動作當然都被璃看在眼裡。

「汝等……」璃咬著牙，尾巴因為憤怒而豎直，她那對火紅的雙眼充滿憤怒地看著在場所有人，「等到咱把人找回，咱一定算清這筆帳！」

「明天再去找也可以，而且孔天強也知道營地的位置，他都幾歲的人了不用替他擔心啦。大家今天都累了，沒有力氣去找離家出走的人，自己嘔氣要離開的，又沒有人趕他走。」劉家光笑著說道，此刻那笑容在璃的眼裡看起來簡直就是最大的嘲諷，「他可是『黑色火焰的影魅』，號稱臺北最強妖怪獵人，他不會這麼簡單就死掉啦。」

「咱不想聽汝的廢話，汝等不願意，大不了就咱自己去找！」璃叫著，立刻往溫泉的方向走去。

「……我也去找。」就在璃走後沒多久，本來就坐立難安的倉月也站了起來。她其實早就有這個念頭，卻一直沒有行動，主要是因為她害怕森林的黑暗，這會讓她想到那個夜晚。但是璃的行為卻給了她小小的衝動，她認為自己應該比那隻狐狸精更早一步找到孔天強，所以才提起了那一丁點的勇氣。

「雖然這一帶因為鳳凰大人的靈氣，所以那些小妖怪和小妖精不敢靠過來，但是走遠一點就不一樣囉！妳是在日本長大的，所以可能不知道臺灣的山野傳說，在臺灣的山裡有一種被民眾俗稱為『魔神仔』的妖精，專門捕食夜晚深山中的人類，而且它們通常都是成群結隊的行動……沒有使役鬼的妳，可以對抗它們嗎？」

「總會有辦法……」嘴巴上雖然這麼說，但是倉月還是緊張地嚥了口口水。

「那個還是最好的情況，如果妳不小心碰到大魔王，也就是不小心放掉的那隻妖怪，那妳連掙扎的機會都沒有了。」

倉月看著劉家光，她知道劉家光說的都是真的，她也很清楚在劉家光的阻撓下，其他人一定不會去找孔天強，這代表自己真的必須孤軍奮戰。這樣的狀況讓倉月開始猶豫。

「我是可以理解妳現在的心情啦，但是行動前妳是不是先該好好考慮一下？妳不是還有想要做的事情嗎？」劉家光看著倉月的反應，然後適時的又丟出一個問題：「如果我是妳，我不會在達成目的前就離開安全的地方、讓自己身陷危險，孔天強的做法雖然很酷，但是不適合妳，也因為不適合所以妳才會憧憬，對吧？」

替父母報仇。

之所以會加入妖怪會並接受其指揮，全是因為妖怪會答應她會替她找出殺害父母的凶手，並且在搜查的期間不斷精進結界術以及封印術，在臺灣的這幾年她還順便學習了道術並且已經小有成就，和一開始相比真的相差甚多。

但是遠遠還不夠，因為她的對手是日本大名鼎鼎的妖怪——酒吞童子！倉月知道現在的自己還遠遠不足。

也因此，倉月知道自己不能夠隨便浪費自己的小命。她很清楚劉家光的分析是對的，但是她又放不下孔天強、不想輸給那狐狸精，她心底掙扎著，就這樣不斷思考了數十秒後，她重新坐下。

這就是決定性的差異。

獨自離開的璃在黑暗的樹林中快速地穿梭，身為狐狸的她在黑暗的森林裡行動簡直易如反掌，她很快就到了白天挖掘溫泉的地方。

經過半天的努力，這露天溫泉已經被林家昂等人改造得有模有樣，幸運的是這並不是硫磺泉而是類似地熱泉的存在，所以沒有刺鼻的硫磺味，也因此璃的嗅覺沒有受到干擾，很快她就找到孔天強那微弱的氣味。

璃那對火紅的眸子盯著一片漆黑的森林，然後一點猶豫都沒有就往前衝。她嬌小的身軀看起來就像是要闖進某獸漆黑且不見底的大口，但是璃卻完全不害怕，她並不清楚是因為習慣森林的黑還是因為自己太過擔心孔天強，不過她很確定自己沒有任何退卻之意。

璃在森林中奔跑將近半個小時，路上碰到很多搗亂的魔神仔攻擊和迷惑，這讓璃不耐煩地一口氣滅了它們，同時璃開始擔心起孔天強的安危。

孔天強的氣味越來越濃，接著璃聽見水流的聲音，過沒多久她就發現孔天強，他正靠著樹、望著映著月光的小溪，像是失神一樣一動也不動，璃的心跳瞬間漏了幾拍。

月光灑在孔天強俊俏的側臉，加上凝視的眼神，讓人瞬間有種看見傳奇故事中的精靈的感覺，又俊又美，光是看著就會讓人忘了呼吸。但是此刻的璃完全沒有欣賞帥哥的閒情逸致，她很清楚萬一不小心中了魔神仔的幻術，那麼事態就會變得非常麻煩。

「汝沒事吧？」璃迅速地衝到孔天強面前，捧住他的臉、看著他的雙眼，她的眼神中有著說不出的焦急。

孔天強沒有回答她，只是看了她一眼後大力甩開她的手。那炯炯有神的雙眼讓璃知道自己的擔心根本就是多餘，孔天強一點事都沒有。璃瞬間鬆了一口氣，但是鬆一口氣後隨之而來的則是憤怒。

孔天強很清楚璃是特地來找自己，但是現在的他沒有任何搭理璃的打算，他只是靜靜地坐著，繼續望著流動的水面，不斷想替下午的事情找到一個最佳的解釋。

光是找一個答案他就在這裡坐到現在，下半身都坐到麻了，但他還是沒有任何移動的打算，因為就算他想破頭，他還是沒有找到那個答案。

不過，其實並非找不到，就只是孔天強不願意承認，不願意解開他心中的那道結。

「汝只是不想理咱，對吧？」璃睨著孔天強問道，這還是她第一次睨著孔天強。

「不過汝還真有閒情，咱可是擔心汝擔心得要死，汝卻在這裡看風景，還要咱千里迢迢跑來這裡找汝，汝究竟算什麼東西？」

孔天強的嘴巴像是被縫上一樣，雖然他有察覺到那明顯的怒意，但他還是不願意講話。

「汝！」璃看孔天強一點反應都沒有，氣得立刻往他的腿上踢一腳。

這一踢可不得了，那如觸電般的酥麻感瞬間竄過孔天強的全身上下，逼出他一身冷汗，整個人痛苦地向旁邊倒下。

璃第一次看見孔天強皺眉頭，她也看得出孔天強因為她這一踢而很痛苦，但是她的怒氣可沒這麼容易消除，她又要再踢一腳，卻被孔天強一手抓住。

「汝不是死人嘛，一句話都不說，還以為汝斷氣了。」

孔天強這次終於肯正眼看璃，然後一邊吃力地重新坐起來，因為剛剛那一腳加上稍微地活動，腿麻的狀況已經舒緩很多，但是他看著璃的眼神卻又充滿無力感，這讓璃瞬間感覺心臟被什麼刺了一下。

「咱不喜歡汝平常的眼神，但也不喜歡汝現在這窩囊的眼神，汝究竟是怎麼？」

孔天強放開璃的腳，然後再次把視線看向前方的水面，他還是沒有回答璃的意願。

明明在那之前只要稍微煩一下、撒點嬌，孔天強就會有所回應，這些日子好不容易讓他話變多了、變得更容易親近了，但是此刻卻有種回到原點的錯覺。努力化為泡影的感覺讓璃非常不爽，還有些失落。

她對一句話都不講的孔天強感到憤怒。

「汝該不會是感到失望吧？因為來找汝的不是那個在汝身上下封印、摸著汝腹部的小女生。」因為不安，所以璃刻意藉由言語上的攻擊來讓孔天強能夠再次看她，但是她卻沒有注意到自己說出這些話的瞬間，她的表情有多扭曲、看起來有多糟糕，「真抱歉吶，咱讓汝這麼失望。」

那酸言酸語確實讓孔天強看向她，但是孔天強的表情明顯的是困惑，他完全不知道璃在說什麼。不過生氣的璃根本沒有注意到孔天強臉上的困惑，她只知道孔天強對這句話有所反應，這讓璃誤會得更多。

「怎了，難道咱說對了？汝還真的希望那小妮子過來找汝？抱歉啊，咱不是人類，咱也不像那姑娘那麼年輕，但是汝別忘了，只有咱來找汝！也真抱歉，是汝最討厭的妖怪在擔心汝……」

講到這裡，璃忍不住哽咽。看著皺眉的孔天強，她做出了決定：「咱不會再來礙事了，汝的意下如何？」

聽到這些話，孔天強也開始感覺不舒服，他不知為何璃要突然跑來說這些，也完全不懂心中油然而生的不安感，這讓他原本就想不透答案的腦袋變得更加混亂，就像是一張白紙上被人用各種色彩的筆畫滿五顏六色且沒有規律的線條，一片混亂、沒有頭緒。

「滾。」他脫口而出原本就習慣的話語。

「啪嗟。」

水滴落下的聲音隨著孔天強的「滾」字傳來，孔天強抬頭一看，璃那對漂亮的大眼睛此刻被一層水氣蒙著，然後淚水如同斷線的珍珠不斷地落下。

這讓孔天強呆住了。

璃也愣住了，她完全沒有想到自己居然會因為這句話而落淚，她完全沒有想到自己並沒有自己想像中的那樣堅強，心窩那莫名的冰冷以及刺痛感更是讓她難受。

「咱知道了，若這是汝的希望……」大力的吸口氣後她才有辦法繼續講話，璃抹掉眼淚，視線模糊地看著愣著的孔天強，「那麼咱會滾得遠遠的，讓汝再也找不到咱。」

這句話讓孔天強瞬間瞪大眼，璃的這句話讓他頭皮發麻，但是他卻不知道該如何反應，也因此他沒有做任何動作，沒有說任何挽留的話，就只是這樣眼睜睜看著璃往身後的森林跑去。

瞬間安靜了，只剩下稀稀落落的蟲鳴聲和源源不絕的水流聲。

璃的話迴盪在孔天強混亂的腦海裡，他很清楚璃這次不是開玩笑，是認真的；也因為知道是認真的，所以孔天強對自己感到生氣，後悔起剛剛為什麼一句話都不說，都只顧著自己的事情。

這下子孔天強知道答案了，下午那問題的答案，現在他可以很肯定地說出來。

他喜歡上了璃。

過去的孔天強根本不可能會喜歡上妖怪，但是此刻孔天強卻為了這樣的想法動搖，憎恨妖怪和認同璃的存在正不斷在他心中拉扯著。

不，說喜歡或許太超過，但是不可否認的是他已經將璃認定成非常特別的存在。是什麼時候有了這樣的想法，孔天強不能確定，但是他知道倉月和劉家光說的肯定沒有錯，他已經不再是那個盡情屠殺妖怪的「黑色火焰的影魅」。

這混亂的感覺就像是國中情竇初開的時候喜歡上同班女同學一樣，初戀的滋味，很相似，但卻又有些不同，他知道這不是毫無理由的憑空想像，璃確實在他心中留下重要的足跡。

孔天強現在雖然想要去追璃，但是他卻始終沒有行動，因為他相信最好的處理方式也是避免更多混亂的唯一方法就是什麼都別做——

直到他看見黑暗中的那道火光，以及突然衝出來的強大妖氣。

一片黑暗之中突然出現光明，那道光就會變得特別明顯，那火焰的光芒像是要燒掉整片森林一樣，橘紅色的光芒猶如日出……

孔天強立刻站起來，並且確定那強大的妖氣並非來自他所知道的任何一人，看著不斷閃爍的光芒，他的心跳瞬間加到最快。

腦海中突然浮現那狐狸精失落的身影，他的腦袋還沒有完全反應過來，不過身體已經率先做出動作，奮不顧身地往火光的來源衝去。他此刻只想快點找到那隻狐狸精。

察覺到陌生的氣息，敵人立刻朝孔天強的方向射出閃著白光的火球，那速度、熱度和光芒讓孔天強知道森林裡有隻用火的不知名妖怪。孔天強立刻一閃，火球就這樣擦身而過，但也僅僅如此罷了，火球的熱氣還是灼傷了孔天強；而火球打在他身後頓時讓樹木猛烈燃燒，短短幾秒內便成為木炭並且倒下，倒下的枯木導致火花四濺，猛烈的火星噴散到其他樹上，瞬間形成一片火海。

但孔天強無暇管這些，他只顧著找璃的身影，很快他便找到目標。

璃倒在地上。

璃的面前站著一隻妖怪，雄鹿頭，上半身為人身、下半身為鹿，牠的身上然著火焰，白色的火光在牠棕色的毛皮上看起來就像是斑點；那對雙眼也不正常，如銅鈴的大小且一片通紅，再加上那一口利牙，就知道牠和真正的鹿不一樣，至少絕對不是吃素的。

牠的脖子上掛著數條斷了一半的鐵鍊，鐵鍊上貼著幾張燒了一半的符咒，那符咒孔天強定睛一看先是愣了一下，然後馬上就知道那是什麼東西，也知道眼前的是什麼東西。

孔家坎八索和坎卦符。

這些都是現代孔家流已經不用的東西，再加上妖怪搶眼的外表，孔天強馬上想到《孔家妖怪譜》上記載的其中一隻古老妖怪正好和眼前的相符合。

三百多年前下山作亂、燒燬數個村莊、吃了將近百人的古老妖怪——麞。

根據書上的紀錄，當年孔家的祖宗和其連戰一天一夜才將其制伏。孔天強完全沒有想到當年封印的地點居然就在這裡，只是他完全不明白三百年的封印為何會突然被解開。

「啾——」一看到孔天強，饜妖馬上嗅到仇人血脈的味道，牠瞬間對璃失去興趣、立刻轉向面對孔天強，左前腿不斷蹭著地板，像是發狂的公牛一樣，一副蓄勢待發準備衝上來。

不過，比起眼前的威脅，孔天強的注意力放在璃身上比較多。

「汝不是這妖怪的對手……汝快點逃！」聽得懂饜妖在說什麼的璃急著對孔天強大叫，同時向饜妖扔出狐火並吼道：「汝的對手是咱，汝在看哪！」

但是饜妖卻連一眼都不看璃，而那狐火在碰到饜妖的瞬間就被饜妖身上的白色火焰吸收，完全起不了任何作用。

璃的衣物全被燒燬，這讓她身上的灼傷被看得一清二楚，她自豪的尾巴還被燒掉一部分的毛；不僅被燒傷，她的右腿還以奇怪的姿勢向旁邊折，不管怎麼看都不像是能夠逃跑的樣子，雖然強烈的痛楚差點奪走她的意識，但是她此刻依然擔心孔天強的安危。

孔天強瞪向饜妖，握緊的拳頭燃起旺盛的黑色火焰。

孔天強看著眼前的狀況便知道饜妖的火焰比璃還要強上很多，這代表自己大半的招式不能使用，只能試著用單純的體術將其打倒。

但，他做得到嗎？

在這關頭孔天強居然懷疑起自己，他對自己的能力提出質疑，就算對方現在還沒掙脫掉坎八索和坎卦符便已經有這麼強烈的妖氣，程度和蟻后不相上下，這代表眼前的妖怪大概是甲級，甚至更高。

真的算起來，孔天強上次能成功討伐蟻后真的只是運氣好，對方的知性讓她輕敵，加上情報不足才讓孔天強有機可趁；若是對方像饜妖一樣用野獸般的本能不顧一切對孔天強發動猛攻，那麼孔天強就算妖化也不一定能夠勝利。

孔天強此刻要面對的就是這樣的對手。

而且，現在似乎不能夠妖化，原因就是孔天強腹部的封印。劉家光已經說得很清楚，若是不能夠精確地控制，那麼孔天強就會成為真正的妖怪。

敵人不會給他任何多餘的思考時間。麞妖一啼叫就往孔天強衝撞過去，牠所踏過的路徑燃起熊熊烈火，火焰順著樹木枝枒開始向四面八方蔓延；與此同時，麞妖對孔天強射出數顆火球以掩護自己，孔天強則利用優異的體術閃過，結果如同先前，那些被他閃過的火球立刻開始焚燒身後的樹木。

麞妖的攻擊十分單調，孔天強有絕對的自信可以躲過所有攻擊，不過很快他發現這樣下去不是辦法，麞妖的招式如果持續不變，就算麞妖沒有碰到他，他也會被四周的火焰熱死、燒死，甚至是被濃煙嗆死。

隨著火勢擴大，孔天強這才意識到營地那邊完全沒有人來支援，他不相信火勢這麼大，營地的人會沒有看見。

孔天強一邊閃過饜妖的攻擊、一邊觀察著璃的狀況，雖然受了嚴重的傷，但她還是為了避免成為拖油瓶而努力站起來，即便她身上的傷口正漸漸復原，可是因為傷得太嚴重加上饜妖的火焰有著強大的邪氣，所以她回復得比較慢。

「孔家流．聳天地林。」

孔天強立刻做出決定，他扔出一張符紙，以拳捶地，數十根土柱從饜妖的腳下竄出。饜妖措手不及，牠就這樣被土柱頂上天去。但因為這招式孔天強不熟練，所以沒有太多的攻擊性，頂多只是暫時頂飛牠，爭取時間。

不過這樣已經夠了，孔天強隨即轉身，一招踏雲流步竄到璃的身邊，二話不說將璃抱起，然後往營地的方向開始狂奔。

「汝到底在做什麼！若是汝這樣帶著咱，汝也會逃不掉！」璃在孔天強的懷中掙扎，小小的拳頭不斷敲著孔天強的下顎。孔天強被敲得有點眼花，卻還是不願意放手。璃急道：「那妖怪明顯就是衝著汝，所以汝只要顧好自己，咱會自己想辦法，汝快放手！」

「不能丟下妳。」孔天強睨了璃一眼，然後說：「做不到。」

「和汝有關係嗎？咱又不是人類！」雖然孔天強的話讓璃感覺開心，但是一想到剛剛的情況，她又繼續賭氣，然後轉頭咬住孔天強的手掌，想要他放棄。

「少囉嗦。」孔天強知道璃是在說氣話，他也知道自己必須因為自己剛剛的態度而承受這些氣話，所以他沒有對此生氣，反而說：「然後，對不起。」

「唔！」這聲突然的道歉讓璃瞪大了眼，她的耳朵瞬間立起，尾巴還輕輕地晃起來。

其實不只璃的心情因此好了許多，孔天強也有種釋懷的感覺。

「吼嗚！」但璃還是又咬了孔天強的手掌一口。

面對被咬的這一口，孔天強的臉色又沉了下來，此刻的他真的有種想把璃丟掉的想法，不過他沒有這麼做，反而把璃抱得更緊，避免她一直亂動導致掉下去。璃看著孔天強手掌上那道自己咬出來的齒痕，這才滿意地安分下來，然後把臉埋進孔天強的懷中，貪婪地吸起孔天強懷裡的味道。

雖然覺得很怪異，但是孔天強並不反感。

兩條腿終究跑不贏四條腿，麞妖馬上就追了上來，重新擋住他們的路。

孔天強板著臉，有著漂亮棕瞳的眼睛緊盯著麞妖，一邊輕輕地將懷中的璃放下，接著他的雙拳燃起火焰。

他知道現在的他只能選擇一戰。

不只是為了自己，也是為了身後的璃。

這突然冒出的想法讓孔天強愣了一下，從來沒有想過自己會有保護妖怪的念頭，他覺得這樣的自己不太正常，但是卻很神奇的並非完全不能接受。

思考一下後他馬上知道其實不是「保護妖怪」，而是保護身後那個特別的存在，這兩者之間其實有著天壤之別。

雖然時間不長，但是和璃一同生活的日子已經確實刻劃在孔天強的心中，那豪邁的吃相、那無理取鬧的行為、那調皮的笑容，這些都已經成為孔天強生活中的一部分，他知道自己已經不能將璃當成妖怪來看待，他很清楚如果失去璃就等同失去生活的一部分。

孔天強有了結論，他現在所做的是為了守護日常。

「汝可別衝動行事，那傢伙連咱的火焰都可以吞噬掉，那麼汝的火焰肯定也……」

「我知道。」孔天強說完，一個箭步就衝了出去，同時傾注所有的法力在雙拳上，讓火焰燒到最旺盛。

眼前的對手是妖怪，那麼牠的火焰本質就是妖氣，既然是妖氣，孔天強認為自己的淨妖之炎——

但，沒那麼簡單。

孔天強的想法太過單純，他沒有完全摸透對手的特質。

雖然同樣被稱為妖怪，但是妖怪真要分類又有分妖精和妖異，兩者最大的差別在於一個是來自自然修煉而成的妖怪，另一個則是某些原因而迅速成妖。

麞妖屬於前者，擁有強大力量的那一種，和璃一樣，只是力量比璃還要更加強大，強大到被半屏山一代的居民尊為火神祭拜的程度。若不是因為人類的私心意圖獵捕牠，牠也不會從南部千里迢迢移動到北部，然後被視為作亂的妖怪，也因此牠憎恨人類，特別是將牠鎮壓三百年的孔家人。

「孔天強！」一看到眼前的景象，璃忍不住叫了出來。

孔天強的拳頭精準地擊中麞妖，但是他的火焰卻吞不下這麼強烈的火焰，圍繞在麞妖身旁的火焰沒有完全消散，就在孔天強擊中麞妖的同時，麞妖的火立刻燒上孔天強的手，一瞬間孔天強的右手熊熊燃燒。

「嘖！」孔天強快速地扯掉袖子、一邊向後拉開距離，雖然及時的反應沒有讓孔天強整個人都燒起來，但是這不到五秒的時間還是讓孔天強的右手一片通紅而且刺痛，若不是衣服本身有防妖氣的設計，加上孔天強的身體有用法力強化，恐怕整隻右手都已經廢掉。

不過，孔天強的拳頭確實有起到作用，這一擊讓麞妖眼冒金星，如果繼續追擊一定可以一口氣讓牠受到大量的傷害。但是孔天強卻做不到，也因為做不到而讓麞妖重整局勢、蹬了幾下蹄後又往孔天強衝去。牠大聲啼叫的同時，大量的火球瞬間出現在牠身後，將黑夜照亮的如同白晝，火球形成密集的彈幕並且朝孔天強射去，這讓孔天強愣住。

孔天強很清楚自己一個人肯定能逃走，但是受傷還沒完全回復的璃一定逃不了，他根本不知道該怎麼辦，他看向璃又看向麞。

「大笨驢，汝這時候還在猶豫！」

璃踢了孔天強一腳，「汝有那個心咱覺得就夠了，咱覺得值得了……所以，汝快點逃吧！」

——不行！

孔天強知道自己不能逃走，他知道自己絕對不能夠放棄身後的狐狸精，但是他此刻卻又無計可施，他只能眼睜睜看著魔妖越來越近、火球的光芒越來越強烈，一片熾白之後，緊接而來的是什麼都沒有的一片漆黑。

孔天強不知道這是否是死亡後的世界。

「滴。」

突然的水滴聲引起孔天強的注意。這聲音雖然聽起來像是水滴聲，但是卻讓人感覺厚重而且黏稠，再加上空氣中瀰漫的氣味，孔天強知道這是鮮血滴落的聲音。

「滴。」

「呼、呼……」孔天強覺得自己呼吸困難，他完全弄不清楚是怎麼一回事，只是對那液體滴落的聲音感到無比敏感，再加上這片黑暗彷彿將他拉回到五年前的那個場景。

「滴。」

又一聲水滴聲，孔天強的身邊瞬間一亮，他發現饜妖的火球此刻就在他的面前不到三十公分的地方，但是火球並沒有移動，孔天強很快就注意到了不只是火球，連衝刺的饜妖和他身後的璃也都靜止不動，像是時間被暫停一樣。

孔天強第一個反應是想趁這機會滅掉饜妖，但是他發現自己除了意識之外，身體的時間也被暫停，他也無法做出任何動作，這讓他更加不懂為何會這個樣子。他原本以為這是個機會，但是他錯了。

不過孔天強沒有等很久，他的腹部瞬間竄出大量的妖氣並且在他的面前成形，孔天強馬上認出眼前的「自己」，是「偽獸・麒麟」。

偽獸發出了奇怪的聲音，如同麒麟一般的嘶吼，但是孔天強卻能理解牠的意思——

你已經忘了恨，所以才會變得軟弱。

孔天強想要開口反駁，想要告訴牠，自己並沒有忘記，可是他卻開不了口，連發出聲音都做不到。而他也因為沒有辦法用言語回應，無法將心中的想法轉變成真正的肯定，這幾秒的時間便讓他懷疑起自己，不過他馬上就知道雖然他對妖怪的態度友善許多，但這不代表他已經忘了當年的恨意。

你已經忘記復仇。

偽獸再次的嘶吼是這個意思，孔天強這次就算沒有說出口也不會懷疑自己的答案，他知道他自己沒有忘，因為五年前的景象至今依然會化成惡夢，雖然最近做惡夢的次數減少了，可是這不代表他已經忘記，他至今依然找著麒麟、努力想要變強，為的就是復仇。

但是偽獸卻不放過他，一連串的嘶吼全部化成言語，直擊孔天強的腦神經。

你忘了自己的無力。

你忘了自己的軟弱。

你太高估自己了。

所以你現在才會死在這裡。

明明只要恨著妖怪、什麼都不顧慮地用我的力量就夠了，但是你卻猶豫了，所以你才會這樣子命懸一線。

明明只要專心想著復仇、殺光所有妖怪，但是你卻忘了這些，和妖怪玩起好朋友遊戲。

只要妖化，牠根本不是你的對手，但是你卻害怕無法回頭、失去日常，現在又為了保護妖怪而陷入危險，你已經不再是你自己了。

恨吧。

想起來那恨意。

恨死所有妖怪然後殺死所有妖怪，為此，妖化吧！

偽獸的每一句話都讓孔天強感到無比動心，但就在準備重拾那份恨意之際，他突然意識到偽獸出現在他面前的原因。

以往，他只要恨著妖怪，他就會不自覺地散發妖氣，甚至遇到重大危機時就會妖化。但是這次卻沒有這些跡象，他控制得很好，他知道這不是封印的功勞，因為如果是，那麼偽獸連現形的機會也沒有；而方才和先前不同的地方非常明顯，也因此他確定了此刻自己面對的不是其他的東西。

偽獸的真面目就是孔天強自身的心魔，只是因為那份恨意，所以讓孔天強能夠使用妖怪的力量，然而那份力量會漸漸地侵蝕他，就算孔天強盡可能地不用，但只要孔天強不願意放下恨意，那麼偽獸就會跑出來並且擅自和他合而為一。

孔天強此刻告訴自己，絕對不能用眼前的力量。

為什麼！

偽獸一察覺到孔天強的想法便立刻對他咆哮，但是孔天強就只是靜靜地看著牠，然後緩緩地告訴牠，自己現在的答案——那個透過劉家光引導後得到的答案，也是此刻他不會後悔的最佳選擇。

「比起憎恨一切，試著守護一切是我現在最想做的事情……就算守護不了世界，我也想守護我身後的狐狸精。」

偽獸對著孔天強咆哮，但是牠的身形漸漸潰散，重新化為妖氣並且回到孔天強的腹部。

同一時間，時間開始流動，火球再次往孔天強的方向移動。

「汝這大蠢驢，快逃啊——！」

尖叫聲從孔天強的身後傳來，但是孔天強依然不為所動。

此刻，孔天強的臉上沒有任何畏懼，只有無比的堅定。

「如果都是我的氣，妖氣也好、法力也好，都讓我好好地利用吧……」孔天強握緊雙拳，發出如同野獸一般的嘶吼：「我想要守護身後之物的盾牌！」

FOX SPIRIT

>>> Chapter.5_ 就算是妖怪，只要有愛就沒問題了(?)

忘記大概是什麼時候、完全沒有辦法說出一個確切的時間，只能記得是在五年前發生的事情，在參加完孔天妙未婚夫的葬禮後的事情，之所以能夠記得是因為那一天下著雨，就像是哀弔一樣的，不管什麼東西看起來都是灰色的日子。

正規的妖怪獵人的任務和賞金任務截然不同，全部都是受到法律保障的合法行為，真的要形容的話就是妖怪的警察，也就是機構所屬的成員。

雖說是妖怪警察，但是所做的工作和人類的警察並無不同。

孔天強記得在參加完葬禮後他立刻收到通知，和其他的妖怪獵人會合前往臺北的某個地方，目標是要抓住凶殺犯。不用說，對方是妖怪，是個趁著當時臺北市因為麒麟討伐戰後戰力不足時，大吃特吃的妖怪。

他們接到線報，找到目標的藏身處，卻遭到了埋伏。妖怪獵人們都還沒到定位就先被對方屠殺，孔天強的伙伴在他面前被刺穿胸口，接著就像是解剖秀一樣地在他還有一絲氣息之際，妖怪硬是將其扯成兩半，大量的鮮血濺在孔天強身上，那濃烈的血腥味讓他感到暈眩。

那個妖怪得意洋洋地說一切都是他的陷阱，但是孔天強根本無心聽他炫耀。看著同伴的屍體和那妖怪未吃淨的骨骸，孔天強忍不住想到不斷想忘記的那個夜晚，所有人都為了保護他而死、而傷，他知道原因是什麼，但是他卻恐懼得不敢承認，若是承認的話，他知道這就等於是自己殺了他們。

因為自己的無力、自己的沒用，才害死這麼多人。

那份強烈的後悔和自責讓他墮落，為了逃避現實他恨起妖怪。

當下，孔天強的火焰產生轉變、法力的性質出現變化，由綠轉黑，並且身上出現妖化的特徵。當時那份對妖怪的恨意，讓他將那個得意洋洋的妖怪的手腳慢慢地扯了下來，無論對方怎樣求饒，孔天強一點都沒有手軟，在宣洩夠了之後他就把那妖怪扔在原地，看他哭喊著慢慢等死。

接著孔天強就遭到其他機構的成員偷襲。等到他再次醒來，他發現自己躺在病床上，站在他床邊的只有孔天龍。

孔天龍依然是那副高高在上的嘴臉，他拿出現場的照片，再次向孔天強確認是否是他的所作所為，孔天強承認了。孔天龍要到自己想要的答案之後把照片扔到他身上，然後淡淡地對孔天強說出一句「已決定將你從孔家中除籍」便轉身離開，對方從一開始就沒有打算給他反駁的機會，一切都是計畫好的。

就在孔天龍離開之後，孔天強發現自己的私人物品全被丟在角落。很明顯地，孔天強沒有任何可以回家的理由。

在那之後，孔天強成為了賞金獵人，一直到現在這段期間，他也有因為對手太強悍而使用妖力，他完全沒有辦法讓最恨妖怪的自己變成妖怪。

上次在停車場和劉家光戰鬥，那是他第一次為了保護妖怪而妖化，也是第一次在跟人類戰鬥時妖化。會發生這種情況的原因，孔天強在事後其實也想得很清楚，但是他不想承認，因為他依然恐懼著，他還是忘不了那份後悔。

但是劉家光的話讓他知道自己應該要做的事情。

雖然這次的修行感覺上沒有做什麼，但是其實真正的目的並不是修行身體，而是「心」。孔天強在劉家光的諷刺之下重新認識自己、重新認識自己的力量；不僅如此，他也對璃的存在有了新的認知，雖然不是愛也不是喜歡，但是孔天強知道自己已經打從心底將璃認定成伙伴。

這份認知和璃一開始與孔天強訂下的協議無關，是孔天強主動的想要保護那隻早已占據自己心裡其中一角、懶洋洋地打著呵欠然後大口大口咬著甜甜圈的狐狸精。

為了守護自己心中重要的那一塊，孔天強知道自己需要力量。

無論什麼力量都可以，只要能夠讓他守護重要的事物，就算是被他視為不祥的禁忌之力。

「呀啊———」大量的妖氣隨著孔天強的咆哮將孔天強包圍，他的腹部發出強烈的黑色火光，雙手對著迎面而來的火球和饜妖奮力揮拳。

黑色的火焰從孔天強的拳頭迸發而出，強大的力量將火球構築的牆面貫穿、將魘妖彈飛，同時地面顫動，強烈的光芒讓孔天強身後的璃閉上雙眼，整座山被照亮的如同白晝，接著爆炸。

雖然知道前方發生爆炸，但是璃卻毫髮無傷，就像是面前有一道牆一樣守護住自己。等到火光散去、強光減弱，璃立刻睜開眼，然後看見孔天強站在前方。

「汝、汝沒事吧！」璃的叫聲讓孔天強回頭，接著璃愣了一下，然後揉了揉眼睛，「汝這是什麼樣子……」

孔天強的樣貌改變了，全身上下充滿妖氣，但卻不是「偽獸・麒麟」的形態。他的左眼燃燒著黑色的火焰、右額長出黑色的犄角，他的左手燃燒著綠色的靈火、右手則是燃燒著黑色的火焰，這模樣看起來就像是日本傳說中的「鬼」，但又有微妙的不同。

不過最重要的是，此刻的孔天強保持著清醒、擁有理智。

雖然現在身上帶著大量的妖氣，但是他依然擁有法力，左手的綠色火焰就是最好的證明。見到許久未見的純法力火焰，孔天強忍不住握緊拳頭。現在的狀態和妖化完全不同，但是這又不同於林家昂的完全妖化，而是半人半妖的狀態，透過感覺到法力的流動，孔天強知道現在的自己依然可以使用符咒。

他沒有排斥身上那濃烈的妖氣，因為他已經下定決心，為了守護現在應當守護之事物，那他就必須擁有力量，無論這份力量究竟來源是什麼。

他也開始正視自己的悔恨，他知道他是恨著自己，恨自己的無力。既然如此，他根本沒有必要去牽連其他人下水。但是現在他很清楚自己沒有時間去憎恨，因為現在當務之急是要滅掉眼前帶著敵意的妖怪——為了守護身後那隻狐狸精。

被火焰的衝擊波及而飛走的魘妖完全搞不清楚是怎麼回事，在暈了幾秒後牠立刻重新站起來，待看見四周的狀況後愣了一下。

因為剛剛的爆炸，這一帶被清空，樹木化成焦炭倒了滿地，周圍看起來一片荒涼。

但這沒有打擊到饜妖的戰意，牠又對著孔天強啼叫，數顆火球朝孔天強射去，饜妖接著一蹬腿，就這樣踩在自己的火球上前進，一直到孔天強面前，再對著他近距離的發出數顆火球。

孔天強等的就是這一刻，他迅速取出符咒，左手的靈火瞬間將符咒燒燬，數根土柱隨即從地面竄出，是「聳天地林」。不過有別於先前，這次的土柱厚實到出乎孔天強的意料之外。正低空飛行而來的饜妖被厚實的土柱這樣一頂，整隻飛到天上，還伴隨著骨頭斷裂的聲音；不僅如此，因為有土柱的掩護，所以火球一顆都沒有打中孔天強。

「汝這究竟是什麼狀態？」看著眼前的孔天強和方才戰鬥的姿態，璃又再次揉了揉眼睛，以為自己看錯，因為她所知的孔天強並沒有這麼強大，何況現在他身上的法力是先前的數倍，加上同時有著人與妖的狀態……璃從未見過眼前的「東西」。

孔天強也不知道該怎麼回答，因為這是他第一次進入這種模式，因此他能做的只有回頭看璃一眼，確認她沒事。那關切的眼神和厚實的背影讓璃看了瞬間倒吸口氣、心跳漏了幾拍，整張臉蛋瞬間一片通紅！璃緊張得把臉別開。

璃很清楚孔天強天生就是個帥哥，但是此刻的孔天強看起來更比平常帥了十倍有餘，這讓一直都能很冷靜地看待孔天強的璃瞬間亂了方寸。

璃的表現有些奇怪，孔天強雖然想要去查看，但是一感覺到妖力的波動，他就知道戰鬥還沒有結束，因此立刻把視線重新擺回面前。

饕妖從空中摔了下來，大量的鮮血從牠的口中噴出，雖然摔得很重，但是牠還能夠站起來。饕妖的吐息聲變得沉重，孔天強聽這聲音就知道牠已經快要不行了。

饕妖那對沒有眼白的火紅色雙眼看著孔天強，牠完全不明白為何只是一個瞬間，眼前的仇人竟然變得如此強大，強大到能夠將自己玩弄在股掌之間的程度。生物的本能不斷地告訴饕妖，眼前的男人十分危險，這讓牠頓時失去戰意，轉身就逃。

但孔天強沒有打算就這樣放過牠，因為牠真的太過危險。

孔天強一見到魘妖掉頭就衝上前去，同時紅黑色的方術陣出現在魘妖的腳下並迅速向外擴張，範圍大得甚至擴展到劉家光等人所在的營地。

在營地的劉家光一見到方術陣，便知道他們的計畫很成功，孔天強確實達成了他的目標，然後他立刻派出使魔向孔天妙傳遞這個訊息，避免她太過擔心。

方術陣在展開完成後以順時針的方向旋轉，大量的火焰元素從中湧出，不過對於這強大的力量最驚訝的不是魘妖，而是孔天強本人。孔天強完全沒有想到自己的招式居然能夠進展到這個程度，憑著感覺他知道這招是比他原本的還要強上數十倍。

魘妖受了傷，因此孔天強很輕易地就追上牠，並且繞到牠面前、衝進牠下盤準備攻擊牠。魘妖在看見孔天強之時已經來不及，也因為知道自己必然撞上，所以魘妖立刻讓自己身上的火焰燒到最猛烈，猛烈到光是踩著地面，土壤都會燃燒的程度，牠打算用自己天生的優勢來將孔天強燒成灰。

孔天強也察覺到敵人的意圖，但是他沒有閃開，他知道自己一定沒事。

這個時候方術陣轉到「坎」，紅黑色的方術陣顏色轉為深藍，孔天強立刻出拳，擊中饜妖的下顎，緊接著地下水脈因為法力的干預而向上衝出地表，大量的水碰到饜妖引起的森林大火瞬間將其澆熄，頃刻之間整個戰場白霧瀰漫。

孔天強的拳頭扎實地打中饜妖，黑色和紅白色的火焰彼此相衝，如同饜妖所料，牠的火焰立刻往孔天強身上蔓延，但是就在快要傷到孔天強之際，饜妖的火焰卻像是被什麼東西扯住一樣漸漸地往後退，被打飛在半空中的饜妖瞪大了眼，這是牠第一次碰到自己無法燒掉的生物，也是第一次看見自己的火焰被吞噬。

帶著妖氣的淨妖之炎扯回往孔天強身上燒的饜妖之火，並且將其歸化，淨妖之炎因此燃燒得更加旺盛。

同一時刻孔天強操作起水流，用帶著殺氣的眼神看向饜妖。

孔天強完全沒有想到自己居然能夠將自己不擅長的「坎式」操作到如此順手，這讓他信心大增。他在饜妖落地的前一刻一個箭步衝出，準備打出第二拳、正式發動

「孔家流．坎龍連打」，但他在這瞬間卻喊不出聲來，因為他很清楚這招雖然是藉著孔家流的陣來發招，可是這規模和他接下來準備做的已經不能夠算是孔家流，而是全新的、專屬於他的招式，即便術式的基礎相同，威力卻更強大。

在想好招式名稱前，孔天拳已經打出第二拳，這拳頭帶著大量的妖氣以及水氣，瞬間將饜妖囂張的火焰全部澆熄，孔天強接著以踏雲流步瞬間到饜妖的另一側出手以防牠被擊飛。饜妖就這樣被定在半空中、在眨眼之間被打了二十三拳，全身的骨頭和經脈均斷裂，但數百年的修行卻又讓牠留有一口氣。

倒在血泊之中，饜妖瞪大著眼、抽搐著四肢，牠理解到自己百年的性命即將在此結束。

方術陣迅速轉到「震」，顏色由深藍轉為黃白，孔天強的雙手立刻出現雷光，一點等待都沒有便揮出拳頭，同時天上落下一道巨雷，發出像要劈開地面一樣的巨響——

「坎震二十三拳。」孔天強緩緩說出想好的招式名。

但就在雷光要打到魘妖之際，地面居然發出一聲巨響，大量的土壤將魘妖包覆住，這突然的異變讓孔天強的神經又瞬間緊繃起來。由於五行相剋的關係，雷一打到明顯帶有妖氣的土壤便瞬間消散，孔天強知道自己沒有給魘妖最後一擊。

剛剛太過專注在戰鬥，所以孔天強完全沒有注意到有其他的妖怪接近，不過更讓孔天強不明白的是，為什麼會有妖怪能夠入侵黃韻雅和菲架設的結界？

孔天強立刻出手打破保護魘妖的土牆，不出所料，魘妖已經不在原地，牠原本躺下的地方此刻只剩下深不見底的巨大地洞。

看著那個大洞，孔天強閉上眼睛試圖用五感捕捉妖氣，但是就算將範圍擴展到營地去，孔天強依然感受不到魘妖的氣息，孔天強推測對方從一開始就是衝著魘妖而來，並無戰鬥的意願。

對方到底是誰？

「孔天強？」因為水氣尚未散去，所以璃完全看不見前方的戰鬥。璃也察覺到了其他妖怪的介入，立刻緊張地大喊，這個時候她的傷已經好到可以行走的程度，所以她站了起來，踩著不穩的步伐喊著：「汝在何處？」

聽見了璃的喊聲，孔天強解除戒備。戰意一消，孔天強腹部的封印陣瞬間將妖氣吸走，不僅是孔天強身上的妖氣，四周被淨妖之炎碰觸過的妖氣也全被吸進封印陣。因此，雖然方才的戰鬥消耗了不少妖氣，但是回收回來的除了孔天強的妖氣外，還包含了被淨妖之炎碰觸過、原本屬於麞妖的妖氣，所以最終回收的妖氣不減反增。

「汝、汝究竟在何處！」雖然有嗅到孔天強的氣味，但卻沒有聽見他的回答，加上孔天強的妖力消失，璃急得尾巴都豎了起來，那對火紅的雙瞳不斷地掃視森林，但是除了一片白靄，什麼都看不見，這讓她急得雙眼漾起了水氣，「汝快點回應咱，別嚇咱！」

相較於璃因為水氣和周圍殘留的妖氣而什麼都感覺不到，孔天強馬上就找到那熟悉的狐狸氣息，他也聽見了璃的喊聲，便往璃的方向走去，然後就看見焦急得快哭出來的狐狸精。

孔天強的身影一出現，璃便立刻發現了他。她一看見孔天強往自己的方向走來，便停下腳步。帶著淚水的雙眼瞪著孔天強，那不安瞬間轉成憤怒，她十分肯定如果現在已經回復到可以跑和跳的程度的話，她一定會跑過去然後跳到他身上暴咬他一頓。

「沒事吧？」孔天強完全沒有察覺璃的憤怒。

「有事！咱有事！」璃抹掉淚水，然後鼓起臉頰、別開頭，她完全沒有想到眼前的蠢驢居然真的木頭到這種程度，讓她覺得自己真的像是小丑一樣。

孔天強聽璃這樣一說，隨即繞著璃走了一圈，看她的外傷已經好得差不多便忍不住皺眉。他完全不懂璃所說的「有事」到底是哪裡有事，不過一如既往，他懶得猜測也懶得去解讀璃的意思。

「總之，先回去吧。」

「汝這究竟是蠢還是呆?咱都說咱有事了！」

璃咬著牙、對著孔天強露出犬齒，那憤怒的表情就算是三歲小孩看了也會知道此刻的璃很不開心，但是孔天強卻一頭霧水。

「汝為何都看不出咱有事？也不解咱的有事？」

「妳看起來沒事。」孔天強再繞著璃走了一圈，然後肯定地說：「妳看起來傷已經好了。」

「汝啊……」璃的聲音充滿無力感。

「什麼？」

「……嘖。」璃看著孔天強依然不明白的表情便忍不住咋舌，她從沒有想過這世上居然會有雄性對雌性的撒嬌和耍賴可以愚鈍到這種程度，不管用什麼方法，對方總是一副不知所以然的模樣，老實說，這讓璃開始懷疑起自己的女性魅力是否不足。

孔天強完全沒有理解璃的表情究竟為何如此複雜，也不懂為什麼她明明沒事卻要說這明顯的謊，但是一想到先前，他推測璃只是一如往常地在無理取鬧，所以他決定不跟她計較。

如果璃知道孔天強此刻的想法，肯定會為自己先前的行為感到後悔。

「我們該回去營地了。」孔天強說著便轉身往營地的方向走。

「咱傷了。」

孔天強回頭看向她，微微地挑眉然後完全不懂璃到底想做什麼。

「那就慢慢走。」

「咱說，咱・傷・了。」

「慢慢走。」

「汝貼心點過來抱著咱走回去會要汝一塊肉嗎？」璃翻起白眼，然後大聲說出自己的目的，她完全不懂自己為何會對這樣的笨蛋有心動的感覺，「汝就不能主動察覺咱的意思？連咱剛剛在生氣也察覺不出來，大蠢驢不愧就是大蠢驢！」

「要人抱妳走就明講。」孔天強完全不明白為何是自己要挨罵，他認為是璃沒有說清楚的錯，他也沒有細想為何璃要自己抱著走回去，就只是默默地走過去然後將璃用公主抱的方式抱起。

「吼嗚！」璃被抱起來後沒有說任何一句話，直接往孔天強的手臂上咬一口來宣洩自己的不愉快，這一口大力到甚至留下了齒痕和滲出血來。

「……想自己走回去嗎？」看著手臂上的齒印，孔天強太陽穴的青筋微微地鼓動。

「若是汝放下咱，那咱一定會賴在地上不走。」璃冷哼了幾聲，然後甩過臉去一邊說著：「屆時看汝要怎麼辦。」

如果是之前，面對這樣的威脅孔天強一定會直接放手把懷中不知好歹的狐狸精扔了，管她要怎樣賴都無所謂，只要別一直打擾自己就好；但是孔天強此刻卻完全沒有這樣的念頭，因為他方才會這麼拚命就是為了懷中這隻狐狸精，好不容易才守了下來，現在豈能輕易地扔掉？

所以孔天強只是懶得和她做口舌之爭，繼續往營地的方向走去。璃看孔天強沒有真的把自己扔下來感到意外，因為根據她對孔天強的理解，孔天強一定會下手把她丟包，她已經想好接下來的「耍賴十招」，然而孔天強卻沒有下手，這讓她雖然對沒有用上絕招這件事情感到可惜，但是她的心情卻也因此好了起來，甚至還輕輕地甩起尾巴。

循著原路走，兩人回到林家昂今天弄了一天的溫泉旁。

「汝啊，能放咱下來了。」就在溫泉邊，璃突然說道。

孔天強看了璃一眼，雖然覺得可疑，但他還是把璃放下來。

璃沒有說什麼，獨自跛著腳緩緩地往溫泉走去，剛走到溫泉旁她居然一個重心不穩，整隻狐狸就往溫泉裡倒。

「小心！」

孔天強立刻一個箭步衝過去拉住璃的手，然而下一個瞬間璃轉頭對著孔天強賊笑，孔天強隨即知道自己上當了，但是他現在已經沒有辦法反應，就這樣整個人被璃拉進溫泉裡，而璃則是藉著拉孔天強的這份力道重新站回池邊。

孔天強站了起來，全身濕透地瞪著她，「妳到底——」

「噗！」但是璃的爆笑卻打斷他的話。璃笑得彎下腰來，一臉淘氣地笑著對孔天強說：「真是落水驢，狼狽得讓人笑。」

孔天強沉著臉，手攀著池邊就要上岸，卻被璃的行為弄得僵住臉、停下動作。璃開始扯下身上方才被饜妖燒得殘破不堪的衣服。

「妳要做什麼？」

「沒什麼，就只是想洗洗身體罷了。」璃說得十分自然。

一聽見璃這麼說，孔天強隨即加快爬上岸的速度，但馬上一道黑影便蓋住他的臉，那東西有著溫度而且還有璃的味道，孔天強拿起來一看，是璃那件白色蕾絲附帶小蝴蝶結裝飾的內衣。

「還是這種狀態最舒服。」全身脫光的璃大大伸個懶腰，那美好的身體曲線此刻正暴露在荒野之中，一覽無遺。她笑咪咪地看向因為內衣而僵住的孔天強，故意問道：「怎啦？汝明明天天都在看，為何還有這種反應？汝該不會想要吧？想要的話咱可以送給汝喔！」

孔天強瞪了璃一眼，然後把內衣扔回去，他知道這是璃的惡作劇，但是就在他才剛起來卻又立刻被璃推下水，緊接著璃還跳了下來，笑著看向他。

「這叫做『溫泉』的東西泡起來還真舒服，這水溫彷佛能洗滌一切似的。」璃又伸個大懶腰，然後將好不容易站起來的孔天強往後推到石頭堆成的椅子上，這高度剛好能夠露出胸口以上的範圍，接著璃一屁股坐在孔天強的身上，兩手圈住他的脖子，嬌媚地輕聲說道：「汝啊，咱們來生個一窩小狐狸吧。」

這句話讓孔天強的理智瞬間斷了三秒，等到他回過神來時，璃已經整個人貼在他身上，而且那精緻得像是藝術品般的臉正緩緩地湊上，讓孔天強瞬間屏住呼吸。

璃的睫毛又長又美、帶著情欲的雙眼看起來無比勾人，那小巧的鼻子和櫻色的嘴唇也有致命的吸引力，而溫泉的熱氣讓璃白皙的皮膚微微泛紅，再加上汗珠，此刻的璃看起來無比煽情，像是有著致命吸引力的玫瑰，明知道有刺卻還是讓人忍不住想要去碰觸。

孔天強的心臟猛力地撞擊胸口，心跳激動得連璃都清楚地感受到。就在此時，璃嫣然一笑，這笑容笑得孔天強流出兩條鼻血。

「咱怎麼會到現在才發現呢？」璃看著孔天強的那兩條鼻血輕輕地笑了一陣，接著把臉湊得更近。

這次近得孔天強可以明確地感覺到狐狸精正規律地將氣呼在他的臉上，那對看起來十分有魔性的紅色雙眼也徹底勾走他的魂，讓他一動也不動地任憑璃在他身上吃豆腐。

直到鼻尖相觸，璃才又輕聲地說：「汝對咱來說，是一個好雄性，若是汝的話……」

雖然泡在溫泉內，但是孔天強感覺到自己此刻流的是冷汗。

「咱們來生小狐狸吧，滿滿的一窩，一半男一半女。」

孔天強完全沒有辦法答話，正確來說是眼前的親密接觸讓他的腦袋徹底當機，這是他第一次和女生有這樣的零距離接觸，也是完整體會到女孩子身體的柔軟，這讓他完全無法思考。

「噗——」

突然間，大量的熱水往孔天強的臉上噴，這讓孔天強瞬間回神，接著他發現眼前的璃笑得彎下腰，還不斷捶著他的胸膛。孔天強尚且來不及反應過來，璃又做了一次方才的動作，低頭大口的吸了溫泉水含在嘴巴裡，然後往他臉上吐。

回過神來的孔天強立刻把璃從自己的身上抓下來往旁邊扔。

「汝啊，居然就這麼色迷迷地看著咱。」璃說著，一邊開始用狗爬式在溫泉池內游起來，同時一邊調侃孔天強：「鼻血都流出來了，沒想到汝平常看起來這麼正經，可是實際上就只是悶騷而已。」

「我沒有色迷迷……」孔天強抹掉臉上的水，雖然意圖反駁，但是語氣卻十分無力。

不知道要怎樣繼續對話的孔天強轉身爬上岸，他現在想要逃離這羞恥的一切，徹底忘掉剛剛的那件事情，可是璃的笑聲和方才那情況卻揮之不去、不斷在他的腦袋內重複，這讓他有點惱羞，導致他感到憤怒卻又不敢看向璃。

「我也沒有悶騷……閉嘴，別笑。」

「一件會讓汝憤怒的事情而讓汝憤怒一樣，一件會讓咱發笑的事情咱為何不能發笑？」

「嘖！」

「還有啊，咱雖然欺負了汝，但是汝沒必要離開吧？這溫泉池這麼大，咱們可以一起泡喔。」

「我要回營地。」在調整幾次呼吸後，孔天強終於回復冷靜。

「留下來跟咱一起泡溫泉。」這次已經不是提議，而是變得有點命令的方式。說實話，此刻的璃有點著急。

「滾！」

「萬一這期間那妖怪又回來的話呢？汝知道咱的攻擊對牠起不了作用。」璃此時急中生智，立刻擺出嬌弱的表情，然後這句話也確實讓孔天強回頭瞥了她一眼，璃知道這就足夠了。

「汝難不成要這樣走掉？」

「那就現在一起回去。」

「不要，咱還泡得不過癮。」

「怕死就現在起來。」

「只要汝幫咱穿衣服，咱就可以考慮，畢竟咱太累了，所以懶得穿。」

「妳的衣服都破了。」

「咱的內衣和內褲沒破啊。」

「滾！」

「如果汝不願意，那咱只能泡久一點囉，這樣就會有力氣了。」璃那對大眼睛骨碌碌地轉了轉，然後嘴角微微一勾，「當然，咱其實可以光著身子回去，但是啊，咱這完美的身軀就會被其他雄性看光囉！汝啊，這還算是雄性嗎？汝應該要好好保護咱的裸體，對吧？」

孔天強雖然想要反駁，但是他確實不希望這個暴露狂裸著身體在營地晃，因為狐狸精到時候會說出什麼驚人的話一切都是未知數。

「我去旁邊等妳。」孔天強評估後，做出了決定。

「汝不下來泡？」

「不用。」

「汝身上都濕了，這樣下去會得風寒喔，一起下來暖暖身子。」

「會這樣都是因為妳……我會生火。」

「咱這不是努力要補救了嗎？所以趕快把衣服脫了，下來一起泡吧。」璃故意裝作沒有聽見後半段的話，笑咪咪地說著：「咱相信汝是個好雄性，不會不經過咱的同意就硬上咱，然後現在咱在這裡答應汝，汝可以隨心所欲地對咱做任何事情。」

「不會下去泡。」孔天強說著，然後快步往一旁的樹下走去。

「若是汝真的想要咱的身體，咱絕對可以喔！」璃對著孔天強喊著：「咱要是汝，咱一定會毫不猶豫地跳下來！」

孔天強摀住耳朵，躲到樹後坐下。

「……真是大蠢驢。」璃在看不見孔天強的身影後，忍不住低聲罵了這一句。

很難得她說的全部都是真話，但是出乎意料地，孔天強並沒有那麼衝動，而且更出乎意料地，她自己其實非常害羞。

在山上生活了三百年，她的族人在她成年前就被人類殺光，也因此她一直沒有機會碰見同類來繁衍後代，而人類一看見她的尾巴和耳朵便立刻逃之夭夭，所以她一直孤單地過日子，沒有伴侶也沒有孩子，就這樣一直到被封印，然後碰見孔天強為止。

為了掩飾自己的害羞，璃才會想要用惡作劇掩飾，但是沒想到居然讓孔天強的理智全部回來，也沒有衝動地推倒她。

說穿了，就只是一人一狐的不老實才會造就現在的狀況。

坦白一點，不就好了？

FOX SPIRIT

>>> Chapter.6_ 修行就是要嘗試失敗後才有機會更精進

一直到修行日結束的那一天，孔天強沒有再因為修行的事情和妖怪會的任何人起衝突，他幾乎都窩著自行修行。劉家光、黃韻雅、林家昂、菲和牛妖感覺只是單純來玩的，這幾天下來總是各種活動，璃也和他們打成一片，整隻狐狸每天都玩得髒兮兮的，而倉月則是一直窩在營地裡看自己的書和偷偷看著孔天強，不參與他們任何的活動。

至於饜妖的事情，孔天強雖然有許多問題想問，但是每次一提到這一點，明顯知情的劉家光和黃韻雅都會找藉口推託，問到最後孔天強也只能放棄。

時間過得飛快，轉眼間已是「修行」的最後一天，此刻所有人開始收拾行李準備返回。

「林家昂。」就在所有人都收拾到一個段落後，孔天強走道林家昂的面前，「再跟我打一場。」

「欸……一定要嗎……」林家昂一臉困擾的樣子，眼神偷偷地瞟向劉家光，暗自佩服起他料事如神，孔天強的行動根本早已被劉家光摸透。

「尤羅比斯說的，你要負責訓練。」

「唔……好像是有這麼一回事啦……」林家昂馬上想起上次在尤羅比斯的辦公室時尤羅比斯的交代，但是就算孔天強沒有這麼說，他其實早也決定好答案——劉家光預先要他說的答案。

「這一次我是認真的，不會手下留情了，你確定嗎？」

孔天強看著林家昂，心跳漸漸加速，因為他很清楚林家昂的實力比他那天所體會的還要更加強大。根據璃擅自打聽來的情報，如果真的有心，林家昂釋放出身上的妖力就可以瞬間毀掉半個地球，是名符其實的「怪物」，如果對方真的認真，孔天強知道自己十之八九連半秒都撐不到。

就在孔天強仔細思考對手強弱的時候，同一時間林家昂這個被虐狂則是不斷地思考要怎樣讓自己可以很自然地挨揍。

也因為雙方都同意，所以兩人馬上移動到空曠的地方，也就是溫泉邊，不過不是只有他們，璃和其他人也全跟了上來。

「來啊來啊，開賭盤的時間到了，看看誰會贏喔！還有，輸的人要請大家吃飯。」

劉家光在地面上畫了簡單的賭盤，除了倉月沒有參與下注之外，其他人全部將代表自己的石頭放上賭盤，但是所有的石頭全部都集中在林家昂那邊。

「等等，所有人都押家昂會贏，這樣子賭盤根本沒有辦法開啊！」

說完這句話之後，劉家光還哈哈大笑起來，這讓孔天強忍不住瞪他一眼，真心覺得他十分欠揍。

「倉月呢？妳不下注嗎？如果妳押孔天強的話，賭盤就成立了。」劉家光看向倉月說道。

這句話讓璃的耳朵和尾巴豎起，火紅的雙瞳立刻看向倉月紅音。

「汝這是故意的吧？」璃重新看回劉家光時，眼神中帶著明顯的怒意，「汝為何要這麼做？刻意要刺激咱？」

「什麼意思？我聽不懂妳在說什麼，可以完整地說出來嗎？」劉家光燦爛地笑著說道，這讓璃的額頭浮出了青筋。他隨興地擺了擺手，說道：「我才沒有什麼目的呢，我只是想吃免費的晚餐。」

「汝啊，難道不知道咱對謊言的氣味非常敏感嗎？」璃微微地瞇起眼盯著他，劉家光立刻把視線挪開。

「我、我……」被劉家光刺激後，倉月也有新的想法，她很清楚林家昂的實力，因此她確定孔天強要面對的是沒有勝算的一架，但她還是想做些什麼，所以在深吸一口氣後緩緩地說：「我押『黑色火焰的影魅』……」

「很好，賭盤成立了！晚餐也到手了！」劉家光迅速地在孔天強那裡擺上石頭，開心地說道：「那麼現在就……」

「等等！」璃的叫聲打斷了劉家光的話，同時她從賭盤上拿回自己的石頭往孔天強那邊放，放的時候還很刻意地把代表倉月的石頭推出賭盤之外，然後對倉月做個鬼臉，「還沒正式開始，所以咱也決定要押咱——的孔天強會贏！」

那個「咱」不僅拉長還下重音，很明顯就是在宣示主權。

那麼大聲的宣示主權自然會被孔天強聽到，孔天強一臉不明白地看著她們，完全不理解那兩個女孩子到底在搞什麼東西，也很納悶璃和倉月何時感情變得這麼好。

「『黑色火焰的影魅』不屬於妖怪，是屬於人類。」倉月用十分厭惡的眼神瞪著璃。

兩人相交的視線宛如聽得見電流的劈啪響聲，兩個女人的戰爭彷彿下一秒就會爆發，也讓人十分擔心等一下兩人會不會用武力來爭奪孔天強。

只有孔天強還傻傻地認為兩人這是感情好的表現。

「屬於誰才不是汝說的算。」璃哼了口氣，刻意露出得意的表情並甩起尾巴，「是誰先留下誰的氣味算數，咱可是每天都蹭著他，蹭得他身上只剩下咱的氣味了，就算是其他的母狐狸也不敢靠近，更何況是區區人類？汝就別做這種可笑的夢了。」

這樣的宣言也傳進了孔天強和所有人的耳裡，其他人立刻盯著孔天強看，完全無法想像那隻狐狸精到底是怎麼做才能夠不斷磨蹭孔天強；這時，孔天強也懷疑起自己身上的味道，果真有一股狐騷味和妖氣，但是因為平常聞得太過習慣所以才會沒有發現。

這讓孔天強決定回去之後一定要把所有衣服重新洗過一遍，並且要換房門的鎖。

「但是他是人類，那是野獸的做法。」雖然大受打擊，但倉月還是試著反駁。

「前幾天咱們還一起共浴呢，咱還跨坐在孔天強的腰上。」

雖然是事實，但是這說法卻十分奇怪。

這句話又讓眾人的視線集中在孔天強身上，孔天強搖頭，並且沉著臉瞪著那隻刻意讓人誤會的狐狸精。

倉月的臉也因為這句話徹底僵住，看著她的表情，璃得意地咧嘴一笑。

「大蠢驢，咱可是押了汝會贏，汝可要加油啊。」一看見自己勝利，璃立刻笑咪咪地對孔天強說道：「若是汝輸了，可是要請大家吃晚餐的。」

這莫名其妙的加油打氣讓孔天強徹底無言，他完全不懂璃到底在想什麼。

「這就是青春啊。」看著他們，劉家光忍不住感嘆起來。

「看了真的會讓人覺得自己年輕了幾千歲呢。」黃韻雅也忍不住說道。

「鳳凰大人現在依然很年輕，只要有心就可以重來。」一旁的菲輕笑著，但是黃韻雅卻緩緩地搖頭。

「有些失去的就沒辦法回頭，所以，希望這些孩子可以好好地把握住當下。」

場外的混亂和各種聲音，讓孔天強一瞬間有點不知道自己究竟是為何要發起挑戰。

「差點都忘了他們。」這時候劉家光才想起對決的事情，對著被晾在一旁的主角燦笑道：「抱歉抱歉，這邊真的太有趣了，你們可以開始了。你錢包內的錢夠嗎？

晚點要不要先去領錢？」

孔天強完全不想理他，他重新把注意力放回對手的身上。

「鳳凰大人和菲，結界要加強喔。」劉家光看見孔天強擺出架式，立刻說道：「這次的狀況和之前的狀況不一樣，這次的修行已經得到效果了。」

孔天強的雙拳燃起黑色的火焰，緊接著一個箭步衝出去。不過，孔天強雖然搶得先機，但對林家昂來說還是不夠快，在孔天強的拳頭碰到林家昂之前，林家昂已經完成妖化。然而面對這記拳頭時，林家昂故意不閃躲，拳頭扎實地揍在林家昂的鼻梁上，將他打飛好幾公尺遠，但是此刻林家昂臉上出現的不是痛苦的表情，而是掛起愉悅的笑容。

「林家昂，如果一分鐘內你沒有分出勝負的話，就算你輸喔。」一旁的劉家光注意到林家昂臉上的笑容，他知道不用點手段的話，這個不死的被虐狂就會一直刻意地挨揍，讓一切變得沒完沒了。他再補了一句：「還有輸的話，今天的晚餐就你請，以及我想要吃的是王品。」

「怎、怎麼這樣！」一聽到劉家光這麼說，林家昂立刻從地上跳起來，「我只是個打工族，哪裡有這麼多錢！而、而且亞麗莎……」

「那就別在那邊拖拖拉拉的。還有，說話的時間我沒有停止計時，你現在還剩三十秒左右，不想被榨乾錢包就秒殺他。」

「唔！」林家昂一聽見這句話，表情立刻變得糾結，他正在「盡速解決孔天強避免自己的損失」和「要繼續享受挨揍的快感」之間掙扎。

但是孔天強可沒好心到會給他時間思考。林家昂思考的空檔出現大破綻，孔天強頓時一招踏雲流步衝到了林家昂的後方，腳下瞬間出現火紅的方術陣、雙拳的火焰燃燒到最旺盛——！

「吸血鬼之國。」林家昂緩緩地說道，巨大的黑色魔法陣立刻出現在他腳下，範圍大得足以涵蓋半座山，而孔天強的方術陣被視為「不允許的存在」，頃刻就被瓦解。

跟前次相同，沒有王的允許就不許動，孔天強被「吸血鬼之國」的效果影響而無法行動；同一時刻，林家昂也進入覺醒狀態，他不疾不徐轉過身來一臉苦惱地看著孔天強，一副想說什麼卻又說不出口的表情。

「抱歉，天強哥⋯⋯」林家昂在深吸一口氣後，終於下定決心說道：「如果我輸掉的話，就會被掏空財產，被掏空財產的話就沒有辦法買答應給亞麗莎的東西。」

「這是正式的戰鬥，沒有仁慈。」孔天強咬破下唇，疼痛感讓他稍微解開林家昂的壓制，這個瞬間他迅速釋放出腹部的妖氣，外表變成被劉家光取名為「妖化外裝」的模樣。在己身妖氣的保護下，林家昂的妖氣被隔離，這讓孔天強可以不受林家昂妖力的影響，立刻對著林家昂的鼻梁揮拳並且扎實地打中對方，「我不想輸在仁慈之下。」

比起被揍這一拳，林家昂更為孔天強這樣一個人類可以解開「吸血鬼之國」的壓制感到驚訝，雖然他馬上理解原理為何，但是能夠做到這一點的人類，林家昂很清楚這世上只有一個，那就是能夠從自身產生妖氣的妖怪獵人。

不過，看著眼前的孔天強，林家昂有點懷疑眼前的孔天強究竟還能不能算是人類，因為憑這模樣和妖氣的強度，基本上他已經是個真正的妖怪，但是卻又明顯的和半妖化不同，是完全未知的狀態。

也因此，孔天強的力量究竟能成長到什麼程度，完全沒有人能夠說出答案，這代表孔天強有著無限的可能。

不過，雖然變成「妖化外裝」的模式，但是孔天強明顯地感受到力量並沒有很完全，他推測這有可能是因為「吸血鬼之國」的效果。然而，如果是真正的廝殺，那麼這些都不會是藉口，對手即便仁慈，孔天強卻很明白真正殺妖的時候自己面對的將會是一樣擁有如此強大力量並且心狠手辣的傢伙，所以他必須拚盡全力，想盡辦法活下來，然後完成復仇。

同時他也感到不甘心，為自己的無力感到不甘心，不管再怎樣努力他都永遠比不上眼前的怪物，明明同樣都是人類，但是在力量的分配上卻如此失衡。

孔天強其實沒有外表看上去的那麼冷酷成熟，雖然仇恨逼迫他必須承擔大部分的事情，但他心底還是有那麼一塊是個不成熟且脆弱的大男孩。明明拐個彎想就可以過的關，他卻總是鑽牛角尖，想不開的同時懊悔著自己想不透，最後痛恨起自己的弱小和無力。

劉家光和黃韻雅這樣的老江湖看得很清楚，甚至也推測出黑色火焰的原因，反而還比孔天強自己更了解孔天強。

「林家昂，你剩十秒鐘！」一旁的劉家光突然大喊。

「怎麼這麼快！」

林家昂立刻站起身來並且衝到孔天強面前，速度快到孔天強只看得見殘影，等他再次意識到的時候，他就已經被林家昂壓制在地上，即使他不斷掙扎，卻只有用臉吃土的分。

「十！」

「等一下！為什麼還沒贏！」

「九……因為他還沒投降，你也還沒殺了他。」

「欸！」林家昂馬上想到那個規則。

「八！」

「等一下，這個條件也太討厭了吧！」

「七！」

「太過分了，這個條件！」林家昂一副快哭出來的臉。

「六！」

「喔喔，沒想到這意外的規則居然讓咱家的蠢驢有機會獲勝。」

「五！」

「還有，這賭盤根本就有問題啊！」林家昂這才意識到有陷阱。

「四！」

「為什麼賭我贏的人沒事，我還要請大家吃飯！」

「三！你現在才注意到？我說得很清楚吧，『輸的人請大家吃飯』，不是賭輸的人請大家吃飯啊。」

「這麼簡單的陷阱咱馬上就注意到了呢，所以咱才提醒蠢驢『若是汝輸了，可是要請大家吃晚餐的』。打從一開始這賭盤就和賭的人沒關係。」

「最好是啦！」

不過，其實有注意到話術的就只有璃而已，黃韻雅等人完全沒有意識到劉家光的話裡有陷阱。

「二！」

「我認輸。」孔天強緩緩說出這句話。

其實若不是礙於規則，就算不說出這句話，不管從哪個角度來看，孔天強都輸得很徹底，只是因為規則清楚明訂著，所以他不得不說出口。

「……我輸了。」

「太、太好了……」林家昂這個贏家瞬間鬆了口氣，雖然他是勝利的那一方，但是卻遠比輸掉的孔天強還要緊張。他立刻放開孔天強，對孔天強深深一鞠躬，「真、真的太謝謝你了！」

孔天強看著林家昂，接著眼角的餘光注意到了劉家光臉上的燦笑，他皺起了眉，忍不住懷疑這一切全部都是劉家光計畫好的。雖然摸不透劉家光到底在想什麼，但孔天強很肯定事情正朝劉家光所希望的發展。

「菲，用結界守住我們。」這時，劉家光對一旁的菲下了這個指示。

雖然一頭霧水，但是菲還是乖乖照辦。

然後劉家光又看向正鞠躬的吸血鬼，吩咐道：「家昂，先別解開『吸血鬼之國』。」

「等等，該不會還有第二回合吧？」林家昂一副快哭出來的表情，「我不想再玩第二次了！」

「不是，別這麼緊張。」看著林家昂的反應，這意外的驚喜讓劉家光笑得十分燦爛，「我有這麼無聊嗎？」

「感覺你就是這麼無聊的人……」林家昂忍不住吐槽。

「這麼想要第二回合嗎？天強，等等第二回合如果你敢投降的話，我保證我會想辦法讓你過得很痛苦。」

孔天強冷冷地看著劉家光，他完全不能理解「很痛苦」是什麼意思，雖然他很明白劉家光是真的有打算，但是在這世上除了孔天妙之外，他知道沒有哪個人類可以讓他過得很痛苦。

「我錯了，拜託別來第二回合！」

「孔天強，燒了『吸血鬼之國』的魔法陣。」劉家光沒有理會林家昂的賠罪，看著孔天強說道。

「拜託，別不理我啊，家光哥！」

面對劉家光的指示，孔天強微微地揚眉看了他一眼，然後看向腳下那巨大又複雜的圖案。

「家昂，分他一點魔力應該沒問題吧？現在這個魔法陣的量就算被吸走，對你來說也不痛不癢。」

「呃，我是沒意見，但是要怎麼做？」林家昂也一臉不懂。

「孔天強，你了解你的淨妖之炎有什麼特性嗎？你知道為什麼淨妖之炎只能吞噬有妖氣的東西嗎？」劉家光沒有回答林家昂，而是看向孔天強對他提問。在等了幾秒後，劉家光直接給了答案：「孔家流淨妖之炎的本質就是『吞噬』和『回歸』，雖然看起來是火的外形，但是說白一點就是你的法力的集結體，不是真正的火。」

「我知道，這是最基本的。」

「那你剛剛幹嘛不回答？還浪費我的口水……」

「我不明白問題的意義。」

「……你很清楚淨妖之炎的特性，但是每次使用卻只到『吞噬』階段就結束了。」

劉家光對孔天強提出一個孔天強完全沒有想過的問題：「孔家流強大的精華並不是體術，孔家流正式的名稱是拳術流吧？那為什麼就只著重在拳腳，而沒有在術上多做專精？體術和符咒能做的事情是有限的，不過若能夠配合強大的法力，那麼能做的事情就會從有限變成無限，因為一樣是最基本的概念，法力等於戰力。」

「所以？」雖然劉家光講了一長串，但是孔天強還是沒有很懂他的意思。

「過去的阿妙之所以能這麼強，全是因為她掌握到最重點的精華。孔家拳術流之所以會用『拳術』而非用『體術』為名的原因就在這裡，因為最強大的武器即是你們雙手上的淨妖之炎。阿妙當年有參悟到這一點，所以她才能夠在一次又一次的戰鬥中將對方的妖力或法力化為己用來強化自己，這一次次的加成讓她可以越戰越強。」

「……『歷戰的女王』孔天妙。」想起這個曾經在妖怪界中被不斷流傳的稱號，孔天強忍不住咬牙，如果沒有那次事件，現在的孔天妙肯定是能夠紅透裡世界的人物，而不是現在這半殘的狀態。

「你的表情真的太好猜，一看就知道你在想什麼。」劉家光嘆了口氣，「忘不掉過去的仇恨，你就會被綁在原地無法前進。在想著報仇之前，先想想怎樣變強，讓自己有辦法在各種環境下活下去。與其一直憎恨，還不如想想現在最需要守護什麼，你應該親身體驗過『為了什麼而戰』的那顆心了吧？」

劉家光的話讓孔天強的視線往璃的身上瞟，卻在見到璃臉上的笑容後隨即挪開視線。雖然他想說服自己不是那麼一回事，但是這世上沒有任何人能夠真的騙過自己。

「總之，『吞噬』你已經很熟悉了，現在則是要『回歸』。」劉家光接著說：「不過雖然這麼說，但是你已經用過『回歸』了，而且也從中得到利用妖力的力量。」

「封印陣……」孔天強立刻把手往丹田處一摸，然後看向劉家光，問：「你到底事先計畫了多少事情？」

「誰知道呢。」劉家光燦笑著說道：「那個封印是輔助和協助控制你身上的妖氣，比較像是安全裝置的東西，現在那個封印術會自動將淨妖之炎『吞噬』、被判別為屬於你的妖力進行『回歸』。但是有一點比較需要注意的是，那個封印陣只能儲存妖力。這代表如果你一失控而且封印陣又被毀掉的話，那裡面儲存的妖氣會讓你變得比之前的偽獸態還要更接近妖怪的模樣，甚至有可能變成真正的妖怪。」

孔天強很明白劉家光所說的風險，現在在做的事情其實就像是拿著平衡桿走在鋼絲上，只要一個失衡，那麼他將墜入萬劫不復的深淵。在這幾次的使用下，孔天強感覺得出來，「妖化外裝」和「偽獸形態」是一體兩面的，只要一不小心跨過那條線並被吸進去的話，那麼一切都會完蛋。

「總之，風險和原理都說明完了，現在要做的事情就是一口氣得到大量的妖力，就是他。」劉家光指向林家昂，「擁有世界上最龐大魔力的半吸血鬼，就是你成長的最好的肥料。」

「為什麼要用肥料來形容我啊……」

「但是若直接從他身上吸，我相信你會承受不了，甚至是爆炸，因為那魔力的量真的太龐大，因此只能用間接的方式吸收，也就是魔法陣。」

「咱不明白！」正當孔天強還在思考的時候，璃突然插進話來：「汝所說的『魔力』為何？咱在場感受到的就只有滿滿的妖力。」

「呃，看來妳真的因為被封印太久而和世界脫節了。」劉家光看向璃，「法力、妖力和魔力全部都是一樣的東西，真要解釋就是『生命特有的能量』，連路邊的小狗都會有微弱的魔力。名稱不同的原因則是因為文化的差異。東方人，也就是我們會依據這能量的持有者來區分，在妖怪身上的叫妖力、人類身上的是法力，而西方則是統稱為魔力。附帶一提，在術式的部分，在東方，人類用的叫『方術陣』、妖怪用的叫『妖術陣』，而西方則是統稱為『魔法陣』。」

「汝啊，解釋就解釋，何必要強調咱和世界脫節？」劉家光的話璃雖然能夠明白，但在提到「被封印太久」的瞬間重點就歪了，「汝這是在嫌咱太老嗎？這是在說咱跟不上汝等的時代嗎？」

「我沒這樣說喔。」劉家光的臉上堆滿笑容，那笑容看得璃微微瞇起眼，越看越覺得虛偽。

「咱告訴汝，咱雖然對汝等來說是『過去的妖怪』，但是咱也是有跟上這方便時代的腳步！」璃一臉不屑地冷哼一聲，「咱現在可是會用微波爐的狐狸精！而且過陣子妙妙也說要買那個什麼哀轟的手機給咱！咱才沒有很老！也沒有跟時代脫節！」

璃講這些話的同時眼神不斷瞟向孔天強，一副非常在意的樣子。

但是孔天強此刻卻是在回想前幾天某隻狐狸精把蛋送進微波爐後造成的慘狀。

「總之，別再繼續這些沒有營養的話題了。天強，你直接吃掉吧，把這份魔力納為己用。」劉家光不想再跟這隻鑽牛角尖的狐狸精爭執下去，立刻對孔天強說道：

「基本上只要吞掉林家昂的魔力加上你現在自己的力量，蟻后那種等級的妖怪不會再是你的對手。」

孔天強看著雙拳的黑色火焰，然後又看向地上巨大的魔法陣，他感到猶豫，雖然能夠在瞬間得到強大的力量、迅速地達到目的，但是透過這樣的方式獲得力量，他不認為是好事。他認為真正的實力必須自己一步一腳印，透過不斷地鍛鍊累積起來，這樣才是所謂的「力量」。

「等等，在燒之前我問一下……我可以站在魔法陣中間被燒嗎？」林家昂一臉期待地問著。一想到被焚燒全身的快感，他的臉上又出現扭曲的笑容。

「不行。」劉家光笑著拒絕，「第一，如果燒到你身上，你的魔力會被吸走，那這樣就等於是讓孔天強直接吸收你的魔力，既然如此又何必要透過魔法陣？第二，你忘記你的體質了嗎？你強大魔力的來源就是你能夠吸收身邊的魔力，這樣孔天強在回收魔力的時候回收效率會變低，因為有一部分會被你吸走。第三，你的笑容很噁心。」

「唔……」林家昂一臉失望，然後緩緩地朝結界走去。

「我拒絕。」就在林家昂走到一半的時候，孔天強做了決定，同時他熄掉雙拳的火焰，「我對一步登天沒有興趣。」

「這樣真的好嗎？」劉家光臉上的笑容瞬間消失，一臉嚴肅地看著孔天強，「這個可是你夢寐以求的機會，也是變強最快的捷徑。」

「沒有意義。」孔天強掏出菸，點燃後長吸一口、再吐出。這口菸讓他釋然，在想通一些事情後這口菸帶走了遺憾。

「你不是想對麒麟報仇？有這一份力量一定可以讓你更快達到目的。」

「但是這也可能讓我失去很多東西。」孔天強說著，瞟了璃一眼，然後緩緩地說：「腳踏實地地走，不要讓姐姐擔心，這樣她才不會派狐狸精監視我。」

「咱、咱、咱才沒有監視汝喔！」一聽到孔天強這麼說，璃的尾巴和耳朵瞬間都緊張地豎起，「妙妙只是讓咱跟著汝，然後妙妙問咱什麼咱就回答什麼，咱只是遵守咱們當初的約定，這才不是監視！」

孔天強聽著璃的辯解，然後又吸了口菸。

「就只是這個原因？」孔天強的回答讓劉家光的嘴角微微勾起。

「不止。但是與你無關。」

——透過自己的努力來讓自己變強才是真正的男人，想要能夠成為靠自己的力量保護一切的男人。

這麼單純又丟臉的想法讓孔天強完全說不出口。

這次的修行讓孔天強學到許多，雖然沒有想像中的辛苦，但是他了解到更加重要的事情，並重新認識了自己。

「喂，你們可以快點結束嗎？」

一道甜甜的聲音傳來，最先有反應的是林家昂，這聲音他太過熟悉，是他那個傲嬌的虐待狂吸血鬼主人——亞麗莎．弗雷．德古拉。

「這是在玩什麼？是在演什麼熱血少年漫畫的真人版電影嗎？還真是崩壞得很徹底。果然不管什麼動漫都不應該改編成真人版，難看死了。」

「亞麗莎，妳怎麼會來！」林家昂立刻衝出結界，跑到亞麗莎的身邊，「不是要妳在家裡等就好了嗎？」

「你以為我想來嗎？」亞麗莎翻了個大白眼，「還不是那個該死的木乃伊！」

林家昂知道她說的是尤羅比斯，那個妖怪會臺灣區負責人。林家昂一臉困惑地看向劉家光，劉家光攤了攤手，然後一臉燦笑。

「沒辦法，你不會德古拉家族的轉移之門，所以我只能請求外援，沒想到老大找來的是亞麗莎。」

「你都說『德古拉家族』了，當然也只能找亞麗莎……」平常感覺十分和善的林家昂此刻臉上居然有股明顯的怒意，「還有，明明可以用李星羅的服務，為什麼不用？」

「沒錢。」劉家光直接了當地說：「這次的經費才一點點，為了讓經費達到最大的利用效率，所以就全部買烤肉的材料和露營用具了。」

「嗯？等等。」亞麗莎聽見劉家光的話，血紅的雙瞳立刻向旁一瞥，馬上看見烤肉用具，這讓她生氣地踹了林家昂一腳，「可惡，都知道要烤肉了，居然還不帶我一起來！混蛋！自私鬼！變態！」

「我也是到現場才知道的。拜託，再多踢我一點！」林家昂一邊被踹、一邊解釋，同時還不斷發出噁心的笑聲。

「我們還有泡溫泉喔。」在一旁的劉家光十分好心地幫林家昂補充。

「你回去！就死定了！」亞麗莎睨著倒在地上的林家昂低吼，同時大力踩斷林家昂的一條腿。

林家昂的腿發出可怕的聲音，但是他卻因此笑得更加燦爛，而且才一個眨眼，扁掉的那條腿立刻復原。

「……真的是笑得讓人覺得噁心至極，你這個噁心的臭蟲！變態界的代表！」

「我說家昂啊，其實要讓孕婦多出來走走才會對身體比較好喔。」劉家光說這句話的同時，其他人不約而同地看向亞麗莎的小腹。

「但是現在也才三個月而已……」

「吵死了，那都是意外！」不習慣眾人視線的亞麗莎臉蛋迅速一片通紅，「放心，小孩我會自己養大！這小孩我會教好！我絕對不會讓你這個變態來碰我的小孩！」

「怎麼這樣……」

「所以，你們這群人是要去哪裡？」亞麗莎冷哼一聲後，轉移話題。

「龍里人壽總部旁邊的咖啡店的地下室。」劉家光燦笑著說道。

聽到這個地點，孔天強和璃都瞪大了眼。

FOX SPIRIT

>>> Chapter.7_並不是所有的反派都是壞人，但是反派總是難逃一死

龍里人壽，外表雖然是一般的壽險公司而且知名度不高，但是卻有一定的規模，原因在於該公司主要服務的對象為妖怪，是妖怪專屬的保險公司，廣大的妖怪市場成為他們能夠在這樣競爭激烈的保險業環境存活的祕密。

如同先前的情報，這家公司是由麒麟會底下的黑皮蚯蚓精一族負責經營，受到麒麟的指示，他們也參與了半妖活化的行動，也因此這裡藏有璃的一部分妖力。

「蚯蚓精把他們偷來的東西放在這裡的某個角落。加油，從這裡將近三千間房間內找到東西吧！」劉家光笑得燦爛，說著風涼話的同時還拍拍孔天強的肩膀，「然後『如果有狀況的話』，你們可以放心地鬧，因為妖怪會將會成為你們最有力的後盾。」

「你們為何不直接進攻？」看著眼前準備好的地下通道，孔天強瞥了劉家光一眼。

為了挖這條通道，妖怪會還特地包下了整間店，並且在半天內挖出這條通道。眼前的地下通道是由妖怪會內一種名為「棕精靈」的挖礦妖精挖出來的，先前的溫泉探測器也出自他們的手，他們的身高就和五、六歲的小孩差不多，雖然身材嬌小，卻長著十分老成的臉。

此刻，璃正用幼兒化的外貌和他們一起跳著棕精靈的舞蹈。這個畫面讓孔天強傻眼，他完全不能理解為什麼明明語言不通但是璃卻可以這麼快速地融入他們，還十分和樂地打成一片。

「雖然我們可以成為你們最強大的後盾，但不代表我們的所有行為都可以正大光明。」劉家光解答孔天強的質疑：「我們是妖怪會，世界最大的妖怪組織，我們的行動勢必會影響到妖怪界的變化，甚至發生劇變。而且妖怪會的主要幹部基本上都是西方妖怪，要是我們現在明目張膽的槓上西方妖怪殲滅聯合，那麼就有可能引發東西方妖怪的戰爭，甚至進一步造成第三次世界大戰，所以我們不能夠太過明顯地行動。」

這就是黃韻雅和菲在一回來後就立刻離開的原因。其他妖怪會的成員，牛妖負責開車和載東西回來、那對吸血鬼情侶則是留在營地溫泉處遊玩，此刻現場只有孔天強、璃、劉家光、倉月紅音和挖洞的棕精靈。

「我們一樣是妖怪會的成員。」孔天強緩緩地說。

「即使如此，你們卻有正當的理由。你因為對麒麟懷恨在心所以攻擊這裡，狐狸精則是為了奪回自己的妖力，這就和當初攻擊螞蟻精一樣。」劉家光燦爛地笑著說：「而且他們大概還不知道最討厭妖怪的『黑色火焰的影魅』現在居然是最多妖怪的組織的成員吧。」

此刻，孔天強瞬間意識到就算妖怪會給了他們再多的支援，那也只是因為他們是一枚棋子而已，一枚下好這盤棋必要的棋子，這意味著如果真的有意外，棋子就會變成棄子。

想通這一點後，孔天強對於加入妖怪會這件事情感到有些後悔，因為這一切都沒有他所想的那麼單純，這一切的計謀搞不好在他們進攻馬氏企業的時候就已經開始，否則為何會這麼巧地是由林家昂他們救了他？

「妳呢？」孔天強看向找了理由硬是留下來的倉月。

「我、我想幫你的忙……」倉月大力嚥了口口水，努力地說出自己想說的話：「我的封印術一定可以幫到你……」

此刻的倉月也已經嗅到危機，事情並不如她所想的、也不如她所聽聞的，萬萬沒想到最痛恨妖怪的「黑色火焰的影魅」居然和妖怪這麼親近，如果自己再不行動，她明白自己只能眼睜睜看著自己的偶像和妖怪的感情越來越好。

但是她還沒發現，就在她放棄去找孔天強的那一晚，她就已經輸得一塌糊塗。

「妳不在計畫內喔。」就在孔天強還不知道要怎樣回答的時候，劉家光先開口：「妳如果不想在這裡等，那就離開。」

倉月不甘心地咬住下唇，用著嫉妒的眼神看向璃。璃理所當然馬上就注意到了這刺人的視線，不過因為棕精靈的歌聲，她其實沒有聽見他們的對話。即使如此，她還是對倉月露出一個無比欠揍的得意笑容，這讓倉月更加不甘心。

「我一定可以比那妖怪做到更多的事情。」倉月試著說服劉家光。

「但是妳沒有正當的理由。」劉家光再次打槍她，然後用唇語告訴她一件殘酷的事實——

妳已經輸了。

孔天強有看懂那唇語，但是他完全不明白倉月究竟輸了什麼。他皺起眉頭看向握緊拳頭的倉月，完全不能理解倉月為何要因為被拒絕而這麼生氣。

「好了，時間不早了，你們快點行動吧！」劉家光為了避免倉月又再說什麼，立刻催促他們。

「不早？」孔天強看了眼手機時間，現在才下午三點多，這比他個人平常開始行動的時間早了不少，而且像這樣的偷襲應該要在夜晚做才會更加合適，他完全不懂為何要在光天化日之下動手。

「在還是賞金獵人的時候，我不是提醒過你事前的情報工作很重要嗎？」劉家光挑起一邊的眉毛，「不是只有晚上才是最好的攻擊時機，最好的攻擊時機應該是『能夠減少自己最多的負擔、給敵人最多的傷害以及得到最大的利益』，我有說過，對吧？」

突然的教訓讓孔天強的臉色沉下，雖然他有聽劉家光嘮叨過這樣的事情，但是他卻從來沒有這樣做過，因為對那時候的他來說只要對方是妖怪，不管怎樣殺掉就對了，也因為這樣，所以在和螞蟻精對決的時候才會這麼辛苦。

「蚯蚓精和螞蟻精不同，他們沒有天然的聯絡方式，而且數量上和螞蟻精相比少了不少，所以他們晚上都會回到這裡，這裡基本上就是他們構築的地下城市。」劉家光說著，指了指地面，「想不到吧?在這底下，在臺北市的地下每天都有兩千隻左右的蚯蚓精在移動。」

「李星羅的情報？」

「當然。」

「沒問題？」

「如同以往，雙向的交易。」

這代表蚯蚓精很可能已經知道孔天強會襲擊這裡。

「白天的時候，這裡駐守的蚯蚓精大概一百隻左右，其他的就和一般人類一樣出去跑業務了。不只如此，留下來的一百隻大部分都在上面的樓層辦公，現在是快下班的時間也是結算的時間，是最忙碌的時候，所以他們基本上不會跑到下面來，除非你想跟兩千隻蚯蚓精對打，要不然現在才是最佳的攻擊時機。」

「沒有其他選擇？」

「什麼意思？說話別這麼省好不好！」

「不去拿回，不行？」孔天強說著的同時眼神還瞟向璃，他忍不住想到上次和螞蟻精對決時的慘狀，這讓他有點擔心，害怕重蹈覆轍。

孔天強的退卻讓劉家光知道這次的修行確實有所成果。

「不行，畢竟路都挖好了，而且現在有其他的危險因素，所以不得不行動。」

「危險因素？」

「就在昨天，又有半妖異常暴走。」劉家光拿出手機將其中一個影片檔案點開來給孔天強看，影片記載了半妖的行動模式以及討伐過程。影片播完後，劉家光說道：「同樣的手法，但是和先前不一樣的是，這次的半妖並沒有像之前一樣失控，而是有一定的行動規則，我們判斷麒麟會已經找到控制的方法。在螞蟻精已經被你強制退場的情況下，現在最有可能主導行動的就是白盤合庫以及龍里人壽。」

孔天強豎起了眉，因為這瞬間他想起了這幾天一同相處的牛妖，他很清楚再次執行計畫就代表會有更多的「普通人」被牽扯進來，更多像牛妖那樣的人被激發妖怪的血統，成為麒麟會的復仇道具。

「就是這個表情，這才是我所知道的『黑色火焰的影魅』。」劉家光臉上出現燦爛的笑容，「對了，因為我們很清楚現在你已經不是賞金獵人，你基本上是失業了，所以往後如果要派你行動的話，我們都會出錢，基本上的行為模式和規則都比照賞金獵人協會，如何？」

「這代表我將成為妖怪會的殺手。」

「看你怎麼想。如果是我的話，不會吃虧的事情我都會做。」

「璃也一定要去？」

孔天強說出這句話的同時，璃的狐狸耳朵抽動了一下，背對著兩個男人的她臉上出現很噁心的燦笑，尾巴還啪唰啪唰地大力甩動起來。

這是第一次孔天強叫她的名字。

「芙蘭德，怎麼了嗎？」

「芙蘭德的笑容好奇怪！」

「芙蘭德發出噁心的聲音了！」

棕精靈圍著璃用著他們的精靈語吱吱喳喳地討論起來，企圖想搞清楚到底是怎麼回事。突然的喧譁讓孔天強看向他們，同時璃也偷偷地回頭，這讓他們的視線瞬間對上。在視線對上的這一刻，璃的臉蛋變得比她的瞳色還要更加火紅，尾巴也因為緊張而豎直，璃立刻把臉轉回去並且努力地想壓抑尾巴的躁動，可惜她壓抑不住，那條自豪的尾巴再次不斷地大力甩動。

孔天強完全看不懂璃在搞什麼把戲，所以重新把視線放回到劉家光身上。

「那隻狐狸精一定得去。」劉家光也注意到孔天強在叫法上的不同，但是仔細一看，他馬上就知道孔天強本人還沒有察覺到這一點，「就跟我剛剛說的一樣，裡面有將近三千間房間，想要快點找到東西就只能依賴狐狸精，透過她和妖力之間的連結來迅速找到東西，然後撤退。」

「找到東西後如何處置？」

「隨你們囉！如果是我的話，十之八九會物歸原主。」劉家光一聽就知道這是為了璃而問的問題。他提醒道：「還有，你們真的該走了，已經很晚了。」

孔天強點了點頭，回頭叫上璃，璃立刻變回成人的模式跟在孔天強身後。

「芙蘭德再見！」棕精靈們整齊劃一對著璃說道。

雖然聽不懂，但是那友善的笑容讓璃知道這是道別之意，她也大力地對他們揮手。

「……『芙蘭德』是說妳嗎？」

「那些棕精靈中有一位會講不流利的中文，他說這代表著『朋友』。」璃甩著尾巴說道，不過此刻她最在意的還是方才孔天強叫她名字的事情。

「你們到底怎麼混熟的？」

「一看見咱就衝上來了，圍著咱又唱歌又跳舞的，咱猜一定是拜倒在咱的石榴裙下了。」璃的臉上掛起得意的笑容，接著一個靈光乍現，璃整個人攀上孔天強的背，接著在他耳邊低語：「莫非汝是在嫉妒咱和他們的關係？否則為何要問得這麼詳細？」

璃的氣息讓孔天強瞬間全身都起了雞皮疙瘩，雖然已經被她這樣捉弄過好多次，但他還是沒有辦法免疫充滿女性氣息的惡作劇，他立刻把璃甩了下去，回頭瞪她一眼。

即使如此，璃還是笑著甩著尾巴。

「為什麼又不穿衣服？」雖然剛剛一肚子火，但是一看到那個笑容，孔天強的火就少了一半，不過這瞬間又讓他覺得尷尬，所以馬上找了一個新話題。

「咱不想弄髒咱的衣服。」

這回應讓孔天強微微地皺眉，不知道什麼時候開始璃已經不再是為了「怕被孔天妙責備衣服變得破爛」轉變成「不想弄髒自己喜歡的衣服」，這已經像是現代的女性一樣了。

不過話雖如此，孔天強相信現代的女性應該不會有人這樣毫不在意他人的目光，光著身體走來走去。

棕精靈挖出來的地道不長，大概一百公尺就到了盡頭，此時身後入口處的光線看起來就像是光點一樣。

地道的盡頭是一面牆，不過已經被設計成只有幾公分的厚度並且被施加了使其脆化的魔法，只要用手輕輕一碰就會碎掉，這樣的設計是為了避免在正式入侵前就被發現。

「變小趴在我肩上。」孔天強說道：「然後引導。」

考慮到如果要用最快的速度移動，那就是用符咒來大幅強化腿力並搭配踏雲流步。上次的淒慘，孔天強已經不想再經歷，那種讓自己提心吊膽還有傷痕累累的做法一點好處都沒有，此刻他所想的僅有如何快速達到目的，而非像先前那樣思考著殺光牆另一邊的所有妖怪。

現在的孔天強已經不再被憎恨沖昏頭，也不為了報仇而行動，此時的他在乎的只有在家裡等候的孔天妙，以及在攀在自己肩膀上的狐狸精。

等璃爬到他的肩膀上，孔天強的雙拳燃起了火焰。

「唔！」但是正當孔天強準備好要出拳之際，他的脖子被軟軟熱熱又有點濕濕黏黏的東西滑過，這讓他瞬間起了雞皮疙瘩。

「汝的反應真可愛，這是咱對汝的獎賞，開心吧？」璃嗤嗤地笑著，尾巴還不斷地大力甩動，「需要咱再多舔汝幾次嗎？」

「不准鬧。」孔天強忍不住低吼，同時暗自抱怨起狐狸精的白目。

「汝這身上真的太好聞了，所以咱才會想舔個幾下，說到底其實也是汝的錯。」璃說著，為了避免等一下孔天強真的把自己扔下去，她那雙抱住孔天強的小手更加出力，兩條短腿緊緊夾住孔天強的腰。

面對背後這狐狸精的任性和為所欲為，孔天強只能無奈地嘆氣，然後一拳打碎眼前的牆當作小小的洩憤。

牆立刻碎開，緊接著光線透了進來，同時一名蚯蚓精的女性看向孔天強。孔天強完全沒有想要製造多餘的麻煩，所以在對方尖叫出聲之前，孔天強瞬間衝到她背後將她敲昏。

「汝啊，今天是吃錯什麼藥？怎麼沒有像往常那樣殺了她？」

「沒有必要，殺了他們只會增加自己被尋仇的危險。」

「是嗎？」璃笑著，她很清楚孔天強已經變了。

璃趴在孔天強的背上當引導，一路上孔天強沒有殺掉任何蚯蚓精，凡是碰到敵人，他都將其打昏。就這樣，一人一狐來到地下十七層的地方。

「咱的妖力就在這後頭。」

璃引導孔天強到一間看起來和其他房間根本就是一模一樣的房間前，孔天強明白劉家光的話是正確的，若是要他自己來找的話，肯定找不到。

但就在碰觸門的那瞬間，孔天強立刻感覺到兩股不屬於蚯蚓精的妖氣，而且這兩股妖氣還十分熟悉。

在門後的，是被救走的麞妖。

而在一旁陰暗的角落、試圖隱藏身影的則是——

「你為什麼會在這裡？」孔天強瞪向那個剛好光線照不到、一片漆黑的角落。

「唉呀，真不愧是最強的妖怪獵人，果然瞞不過你。」李星羅咯咯笑著從黑暗中走出來，那虛偽噁心的笑容加上不帶任何一點感情的話語，一如往常讓人反胃，「妖怪獵人啊，我會出現在這裡當然是因為有生意可以做啊！」

這句話讓孔天強的神經緊繃到最極限，他警惕地看向四周。

「放心吧，蚯蚓精還沒有來到這裡。」李星羅嘿嘿嘿的怪笑著，雙手還互相搓弄起來，這表情、這動作，簡直就是電視劇內才會看見的古代奸商，「我是來這裡請你實現承諾的。」

李星羅的話，讓孔天強馬上想到先前交易螞蟻精的情報時所做的交換條件。

「現在還不是時候。」孔天強的臉上出現厭煩，「沒必要追得這麼死。」

「我也不想啊，只是蚯蚓精的寶庫太難找，除此之外還有用妖術干擾位置認知，連我的情報網都沒有辦法派上用場。也因為這樣我只能跟著你們，確保我可以做到生意。」李星羅說著，他衝著一旁捏著鼻子、整張臉皺在一起的璃一笑，「也好險有狐狸精大人的——」

「轟！」

李星羅的話還沒有說完，火柱就從寶庫的門後衝出，直接燒掉站在門後的李星羅，讓他連灰都不剩；孔天強則是拉著璃及時向後拉開距離，才沒有被火焰波及到。

若妖有妖氣，那人也有人氣。又，同一血緣的家族身上都會有相似的氣息，這種氣息即使過了幾百代也會一直遺傳下去，這就是DNA的奧妙。饜妖就是感受到了這份氣息，牠才會知道「仇人來了」。

「璃，下去！」看著饜妖從寶物庫內走出來，孔天強立刻說道，同時他釋放腹部的妖氣、進入妖化外裝的模式，「找機會鑽進去，拿回妖氣。」

「汝要小心點，那傢伙的狀況有點怪。」璃說著，開始向一旁的牆上貼去，那嬌小的身軀加上饕妖此刻的注意力全在孔天強身上，所以璃的存在被徹底無視，這也讓她很輕鬆地就溜進寶物庫內。

饕妖蹬著蹄、鼻子噴著氣、紅色的雙眼瞪著孔天強，孔天強也同樣瞪著饕妖，他知道自己必須速戰速決，否則情況肯定會變得對自己不利。

一是如果在這裡戰鬥，十之八九會被蚯蚓精發現。

二是這樣的走廊地形，只要饕妖一噴火就容易造成回火現象。領教過那可怕的火焰的威力，孔天強知道如果一不小心就會導致自己被燒成灰。

饕妖張開了嘴，口中泛起火光，孔天強見狀一個箭步衝向牠的下盤，對著牠半張的嘴就是一記上鉤拳。

因為上次吸收了饕妖的妖力，所以這一次孔天強的力量又變得更加強大，饕妖還弄不清楚究竟是怎麼回事，那龐大的身軀就向後翻轉九十度，重重地摔在地上。

「這次，絕對不會讓你走。」孔天強低吼一聲，那充滿殺氣的雙眼讓饜妖嚇得脫糞。

孔天強對著饜妖因為翻倒而露出的腹部出手，但是下一秒，一道土牆出現在兩者之間，這時候孔天強才意識到璃的提醒——

汝要小心點，那傢伙的狀況有點怪。

顯然，蚯蚓精有對饜妖動手腳。

這面受饜妖召喚而來的土牆救了饜妖一命，土牆的阻礙讓孔天強沒有打到饜妖。就在孔天強試著擊破土牆的這幾秒，饜妖翻起笨重的身軀、重新站起來，同時立刻朝土牆猛撞！

土牆碎開的瞬間，孔天強一點防備都沒有，他被撞飛在地上連滾好幾圈才停下，所幸有妖化外裝的保護，他僅受了輕傷，但是身上的衣服就沒有這麼好運了，被饜妖的火焰一燒，孔天強此刻變成上半身全裸的狀態。

「你是怎麼找到這裡的？」

就在孔天強打算再次衝上前之際，一道沙啞的聲音從孔天強身後傳出。

孔天強立刻側身警戒，因為在聲音的主人出聲之前，他完全沒有發現已經有人摸到他的背後，不僅一點聲音都沒有，也沒有任何氣息，簡直就是神出鬼沒的程度，這讓他知道這名蚯蚓精肯定是高手。

與此同時，饕妖也平靜了下來，收回攻擊姿態，從此可知對方肯定是當時救走饕妖的高手。但是一看見那蚯蚓精的模樣，孔天強開始懷疑起自己的判斷是否錯誤，因為從對方身上感覺到的妖力不僅微弱，而且外表看起來就是一副人畜無害的樣子。

眼前的蚯蚓精是看起來約七、八十歲的老人，一臉的皺紋、滿頭的白髮和不到一百五十公分的身高，看起來一點戰鬥力都沒有。他穿著西裝、手拄著枴杖，一點都不像是來戰鬥的樣子，怎麼看都像是個老紳士。

「這個地方連李星羅都不知道，正確來說是為了不讓他知道所以特地動了手腳。」那老者緩緩地說：「但你卻做到了，這讓老夫非常好奇。」

「我的同伴能夠找回她的東西。」

「所以你是妖怪會的人？終於找上門了啊……」老人聽到這一句話後明顯的鬆了一口氣，然後又好奇地上下打量起孔天強，接著說道：「你是『黑色火焰的影魅』，對吧？雖然有告知會有人來取回東西，可卻沒聽說是你呀……」

孔天強一聽見對方說出自己的稱號，身上的殺意瞬間加劇，但是那渾身的殺意並沒有嚇到老人，老者反而呵呵地笑了起來，這讓孔天強不解地皺眉。

「老夫還未自我介紹，老夫是蚯蚓精一族的族長。『黑色火焰的影魅』啊，你叫老夫阿土就好了。」老者阿土說著，然後緩緩地向孔天強一鞠躬，「首先，先讓老夫感謝你的不殺之恩。」

「我沒說不殺你和麈。」孔天強的語氣十足的冰冷。

「老夫謝的，是你放過那些年輕人一馬這件事情，你放過那些年輕人就等同放過了蚯蚓精一族的未來。至於老夫和那麠妖的性命，若要拿去便給你吧……不，老夫甚至希望你可以殺了我們。」

突如其來的詭異要求讓孔天強愣了一下，他感覺這是陷阱，但是他卻沒有從阿土的身上感受到任何一點狡猾的氣味，所以這反而讓他不敢隨意下手。

「看你一副不明所以的樣子，真的讓人覺得傳聞中的『黑色火焰的影魅』並沒有那麼可怕，並不是人家說的見妖必殺、殺妖不眨眼。」

「你看起來無害。」

「難不成你不怕老夫是在騙你嗎？」

這反問讓孔天強瞬間答不出話。

「年輕人不該隨意的相信人，特別是越老的妖怪越不得相信，因為這些妖怪越擅長欺騙。」阿土的話立刻換來孔天強凶狠的眼神，但是阿土卻毫不在意地繼續說下去：「老夫看起來無害嗎？在年輕的時候，老夫也是殺了不少人類。只是隨著年紀的增長，在老夫走到這個位置後，老夫思考的就不是殺戮了。在這樣的年代，鮮血解決不了任何問題，想在現代的社會活下去，僅能夠靠智慧。」

「所以才讓半妖暴走？」

「麒麟大人的決定，老夫無法拒絕。老夫背負的是我族的未來，我不能夠讓我的族人因為我的決定而喪命。影魅啊，你能夠理解這樣的痛苦嗎？不過也因為這樣，當你站到我面前的時候，老夫真的很開心啊……」

「什麼意思？」這句話讓孔天強警戒起四周是不是有埋伏，但是不管怎麼找，他都找不到任何氣息。

「只要你殺了老夫，奪走狐狸精的妖氣，我族就不會被牽涉進麒麟會那瘋狂的計畫，而且老夫所愛的族人們也不會被麒麟會怪罪，問題一口氣就解決了，根本一舉兩得。」

孔天強這才確定阿土是認真的要自己殺了他，為了族人的未來不惜犧牲自己的性命。阿土此刻的笑容十分慈祥，一點虛假都沒有。

「若是你能答應老夫，那老夫也不算是白白犧牲了，而是成為未來的養分，如同自然的法則一樣。放心吧，老夫已經交代重要的幹部後續事宜了，蚯蚓精不會追殺你們。」

「我為什麼要相信你？」

「若非老夫放行，你真的認為你們能夠到這裡？」阿土一點也不害怕孔天強的質疑，莞爾道：「不過這也怪不得你，畢竟是老夫要你懷疑。」

「放行是什麼意思？」

「第一，作為地下的妖怪，你們在老夫的城市旁挖了那條通道，為何會認為老夫沒有發現？只是因為老夫知道這是妖怪會的行動，所以老夫才沒有行動，原本還做好會犧牲幾個年輕人的心理準備，但是沒想到你卻放過了他們。」

「你和妖怪會有掛鉤？」

「自古以來暴君都會招來毀滅。在老夫的眼裡，現在的麒麟會或是西妖殲，對我們底下這些妖怪來說都是暴君。他們現在思考的並非全體的利益，而是單純地利用仇恨來行動，都已經犧牲了螞蟻精一族卻還不願意停手，再這樣下去遲早惹禍上身，所以老夫決定和妖怪會談判。」

孔天強聽到阿土這一說忍不住咋舌，因為很明顯自己真的再度被人當成棋子利用，此刻的他是掩護蚯蚓精一族，確保他們安全的一顆煙霧彈。

「再者，你有想過老夫都已經救了饕，為何還要將饕放在寶物庫內呢？老夫很清楚妖怪會會來這裡，所以事先將寶物庫的情報透漏給那名為劉家光的男人。」

孔天強知道他又被劉家光誆了，劉家光刻意不說寶物庫的位置，目的就是要讓他和璃一同行動。

「他們企圖讓饕妖成為戰爭的工具，但是饕的破壞力太過強大，若是作為工具，肯定會造成大範圍的破壞，所以老夫才將其放在這裡讓人殺了牠，這樣子既不違背麒麟會的命令，又能減少一個禍害。」

孔天強立刻看向乖乖趴在地上的饜妖，他相信饜這樣的老妖怪肯定能理解人類的語言，但是饜卻沒有任何一點動作，像是接收到什麼指令一樣不敢動彈。

「放心吧，在把牠救回來後，老夫根據上頭的命令在其身上安裝了控制裝置，讓牠成為乖乖聽老夫命令的妖怪，現在就算老夫要殺牠，牠也會欣然接受。」

「這也是璃的力量？」

「不，控制的方法是額外的。狐狸精的妖力現在就只能單純地刺激牠們體內妖怪的血，詳細的狀況我不太清楚，但是似乎有專門製作道具的妖怪獵人在協助實驗，他們製造的項圈對純種妖怪的控制十分有效，但是對於半妖，效果似乎減少不少。」

阿土的話讓孔天強馬上想到上次從螞蟻精手上發現的靈彈槍，再加上提到了妖怪獵人以及端木楓出現在妖怪會，孔天強知道這件事情和端木家肯定脫不了關係。

如果現在已經由端木家的人介入處理，孔天強知道這不關他的事了，那麼現在他需要面對的就只有一個問題——

殺了阿土，還是不殺？

「吼——」

突然一道猛火從寶物庫內噴出，接著一隻渾身金毛、將近半層樓高的巨大狐狸從中衝了出來，一把就將麞妖撲倒。雖然有控制裝置，但是出於求生的本能，麞妖還是拚命掙扎，卻依舊輕輕鬆鬆地被那隻大狐狸咬破咽喉，立刻斷了氣，倒在血泊之中。

看著眼前的大狐狸，這熟悉的妖氣讓孔天強馬上知道這是璃，她的妖氣比先前還要強了好幾倍，自豪的尾巴也變成五條，這程度的妖力最少有A級妖怪的水準，若是真的和她打起來，孔天強沒有把握自己一定會贏。

「汝沒事吧？」璃鬆開了嘴，那張沾滿鮮血的狐狸嘴吐出人類的語言，老實說這畫面其實有些嚇人。

「你有一個好伙伴呢。」阿土打量了璃，緩緩地做出結論。

「眼前這人是誰？」阿土的話讓璃聽了心花怒放，不僅眼神柔和許多，連尾巴都甩了起來，「汝還挺識貨的。」

孔天強瞥了她一眼，然後解開妖化外裝。

「我不認識他。」孔天強說著，一邊往外走，在經過阿土身邊時當作沒看見他的存在一樣，同時他掏出一根菸點著，「他就突然出現然後要我殺了他。」

「喔？」璃那張狐狸大嘴微微勾起，現在的表情看起來就像是戲謔意味十足的笑容。她跟在孔天強的身後，在經過阿土身旁時，龐大的身軀推了阿土一把，甩動的尾巴拍了阿土一臉狐狸毛。

「汝啊，今天該不會下紅雨吧？」

「不會，閉嘴。」

孔天強冷冰冰的回應讓璃笑了起來，此刻璃的笑聲聽起來像是野獸的嘶叫，那隗力十足的聲音在走廊內迴盪。

「這是老人家的自言自語。」阿土的聲音傳來，但是孔天強他們並沒有因此回頭，三個人其實都很清楚現在若是看向彼此就太過不識趣，「妖怪獵人有人背叛了人類。」

孔天強知道這是個警告，這代表著到時候如果真的作戰，那麼將會有人在背後捅他們一刀。

如果連人類都不能相信，那麼還有誰能夠成為伙伴？

想到這一點，孔天強回頭看向璃，璃也馬上注意到孔天強那有些複雜的眼神。

「怎了，對咱這模樣有興趣嗎？」

「沒有。」

「汝可別害羞，汝若是想騎在咱的背上，咱可以破例答應汝，前提是汝必須拿甜甜圈來交換。」

「不想。」

「還是汝要直接買甜甜圈給咱？咱已經有好幾天沒吃到甜甜圈了。」

「才三天。還有，為什麼突然變成甜甜圈話題？」

「這三天對咱來說就已經夠久了。」

「知道了。」孔天強嘆了口氣，因為知道繼續講下去一定是白費口水而且自己一定會買，所以他很乾脆地直接妥協，這也是避免等一下自己吃虧的辦法。他說：「半盒。」

「一盒。」一聽到孔天強答應，璃的尾巴隨即大力甩動起來，「不對，兩盒好了，咱都憋了這麼多天，而且這模樣很耗體力的！」

孔天強忍不住斜眼看向她。

「汝懷疑咱嗎？」

「沒有，就兩盒。」

「汝居然會這樣乖乖就範，看樣子今天不只會下紅雨，還會有大災難發生呢。」

「閉嘴。」

「不過作為答謝，今晚咱就騎在汝的身上好了，汝覺得如何？」璃此話一出立刻換來孔天強不解的神情，一看到這單純的模樣，璃忍不住咯咯笑了起來，「妙妙有拿些影片出來給咱參考，妙妙說『男人都喜歡被女人騎在身上』。」

孔天強確信，那絕對不是什麼正常的影片。

「讓咱給汝生一窩小狐狸吧！」

「滾！」

「砰！」

突然的槍聲在孔天強的「滾」字後緊接而來，在長廊裡聽起來十分刺耳，讓兩人有些耳鳴。與此同時，一種不好的預感出現在孔天強的心中，他立刻要璃變回人類的模樣避免成為槍靶，接著兩人迅速趕回寶物庫前——

在那裡，兩人看見倒在血泊中的阿土，和站在他的屍體旁、一身黑的殺手。

——《狐狸娘03》完

FOX SPIRIT

>>> 後記

各位大家好，我是最近剛成為社畜的哈皮，感謝各位願意購買《狐狸娘》第三集，如果這一集也能帶給各位樂趣就真的太好了。

這集主要是孔天強的轉變和泳裝福利——原本是這樣設計的，但是不知道為什麼寫著寫著，就沒有什麼福利了？原本想說一定要把比基尼狐狸娘的可愛畫面寫好寫滿，結果不知不覺焦點就放在孔天強身上，誰想要看一個連衣服都不願意脫的男人！

真是對不起。

希望哪天有機會可以寫個滿滿的泳裝回，不過這終究是夢想，畢竟有不少地方充滿困難，但是，有機會的話一定會寫！

話說自己回顧了第一集的後記（將近一年前），結果發現好像荒廢了很多東西？

像是《少女前線》的同人，因為發布的討論版各種限制，一下子嫌字數、一下子又要求修改什麼，所以就放棄了。參與的遊戲腳本，畢竟製作團隊都是社會人士，雖然計畫仍在進行，但是進度十分緩慢。《抖M的半吸血鬼》二期也是呵呵了。

這樣一想，真是糟糕啊，這一年一樣是原地踏步啊。

不過最近開始經營起部落格，現在有很多東西打算重新整合並且開始，歡迎各位到我的部落格來看看。有最新的網路小說連載和近期開始的小說教學文，除此之外，還打算增加在日本遊學時的體悟（社論類），跟電影、連續劇心得。

雖然最近工作很忙，加上在日本找工作時碰壁，所以正在準備回大學讀書的考試，但是我會努力經營下去的！

在資訊爆炸的時代，光靠臉書的粉絲專頁已經遠遠不夠，現在還在摸索期間，如果有什麼有趣的意見，歡迎留言給我！

最後，因為近期發生了一些事情，讓我重新體認到編輯的重要性。再次感謝已經合作數年的L編輯、同出版社的S編輯，和前前任的L編輯（同樣的姓氏XD）。沒有這三位編輯，就沒有現在的我。

以上，下一集期望能再與您相見。

狐狸娘！

現階段網路連載列表：

01.身為被欺負的宅男的我只能躲進遊戲裡過起第二人生
02.棕色塵埃（手機遊戲棕色塵埃同人）
03.其實是後宮收藏（網頁遊戲艦隊收藏同人）
04.罪人系列
05.不要教壞小孩呦！

連結專區：

粉絲專頁　https://reurl.cc/yAlll
部落格　https://reurl.cc/rYnnb
Instagram　@hoppyfeng

高寶書版集團
gobooks.com.tw

輕世代 FW309

狐狸娘03

作　　者　哈　皮
繪　　者　水　佾
編　　輯　林紓平
校　　對　何文君
美術編輯　林鈞儀、彭裕芳
排　　版　彭立瑋
企　　劃　方慧娟

發 行 人　朱凱蕾
出　　版　英屬維京群島商高寶國際有限公司臺灣分公司
Global Group Holdings, Ltd.
地　　址　臺北市內湖區洲子街88號3樓
網　　址　www.gobooks.com.tw
電　　話　(02) 27992788
電　　郵　readers@gobooks.com.tw（讀者服務部）
pr@gobooks.com.tw（公關諮詢部）
傳　　真　出版部　(02) 27990909　行銷部 (02) 27993088
郵政劃撥　50404557
戶　　名　三日月書版股份有限公司
發　　行　三日月書版股份有限公司/Printed in Taiwan
初版日期　2019年6月

國家圖書館出版品預行編目(CIP)資料

狐狸娘 / 哈皮著.-- 初版. -- 臺北市：高寶國際,
2019.09-
冊；　公分. --

ISBN 978-986-361-678-8(第3冊：平裝)

857.7　　108005471

◎凡本著作任何圖片、文字及其他內容，未經本公司同意授權者，均不得擅自重製、仿製或以其他方法加以侵害，如一經查獲，必定追究到底，絕不寬貸。
◎版權所有　翻印必究◎

三日月書版

三日月書版

GOBOOKS
& SITAK
GROUP©

GOBOOKS
& SITAK
GROUP©